純愛モラトリアム

椰月美智子

祥伝社文庫

目次

西小原《にしこばら》さんの誘拐計画

バスケ部の練習が終わって、凜《りん》といつもの交差点で別れ、路地に入ったところいきなり車に連れ込まれた。アクセルを強く踏まれて後頭部がシートにごんとぶつかる。足元には学生カバン。

（あっ）

部活の着替えが入っているスポーツバッグがない。連れ込まれたときに落としたに違いない。さりげなくサイドミラーをのぞくと、電灯の灯《あか》りの下、あたしのスポーツバッグが道路の真ん中に投げ捨てられたように落ちているのが見えた。

「な、なに？　悪いけどちょっと動かないで」

「荷物落とした……」

運転席の男はバックミラーでスポーツバッグを確認して、ちっと舌打ちした。あっと思う間もなく、今度は身体を前にもっていかれた。一方通行の狭い道路をものすごいスピードでバックする。一気に車酔いしたみたいになった。

男はすばやく車から降りてスポーツバッグを拾い、後部座席に放り投げた。

「こ、こ、これ、一応誘拐だから」

男がそう言い終わらないうちに、また頭をシートにぶつけた。いよいよ本格的に車酔いがはじまりそうだった。

助手席で目をつぶり、深呼吸をする。隣の男の熱気がむわむわと伝わってくる。しばらくそっとしておくしかない。それにしても、誘拐されるなんて史上最悪の不覚。

とりあえずはなにも考えないで、まずは胃袋の気持ち悪さをとりのぞくべく、しずかに深呼吸を繰り返し、揺れた三半規管《さんはんきかん》内のリンパ液を落ち着かせることに専念した。

いくつかの細い道を抜けて国道に出た。と思ったら、かっちかっちとウインカー。高速道路に入るらしい。料金所バーの前でスピードが落ちた。ＥＴＣがピッと鳴る寸前の今がチャンスかも！　と思ったけれど、こんなところで降りてもややこしくなるだけだからやめた。

車は東名《とうめい》高速に乗って名古屋《なごや》方面へと向かっている。まだ午後六時だというのにこの時期、空はもう真夜中みたいな色合いだ。窓の外を、びゅんびゅんと通り過ぎてゆく景色に黄色い灯りがにじんでつながって見える。相当視力が落ちたんだなあと、今さら気が付く。どうりで最近、黒板の字が見えにくいはずだ。

それにしても高速道路なんてひさしぶりだな。六年生の夏休みにおじいちゃんの運転で、那須《なす》へ行ったとき以来だ。退屈そうなお母さんとあたしのご機嫌をとるのに一生懸命だったおじいちゃんとおばあちゃんは、次の日にはすっかり疲れてしまったらしく、今度はあたしたちがご機嫌をとらなければならなかった。あれでもう懲《こ》りたんだろうな、おじいちゃん。あれ以来、家族旅行には行ってない。

ふうっと鼻から息が漏《も》れた。それがまるで笑ったみたいな音だったから、運転席の男が苛立《いらだ》たしげに「な、なに」とこっちを見た。

面倒なので、今の「ふうっ」はなかったことにして、目を閉じて憔悴《しょうすい》している振りをした。毎日遅くまでラジオを聞き友達とメールをしている、慢性的な寝不足状態のあたしに、車の振動はやけに心地いい。

「あ、あ、あれ? な、なんか、大丈夫?」

あやうく眠りに落ちてしまいそうなとき声をかけられた。あたしは、ぜんぜん眠くないです、誘拐されて消耗《しょうもう》しきってます、という演技をしてみせた。

そんなあたしの様子を心配したのか、男はちょっと休憩《きゅうけい》しようと言って、案内が見えてきたサービスエリアに入った。時計は確認できなかったけど、誘拐されてからまだ三十分も経っていないと思う。なんてお人好しな誘拐犯だろうか。

「お、お、お腹空いてない？」

部活が終わったときはむちゃくちゃお腹が空いていたけど、今は胃がひっくり返ったみたいにすっかり気持ち悪くなっている。

「と、と、とりあえず座って。なにか飲む？　な、なにがいい」

「オロシー」

「え？　な、なになに、も、もう一度」

男は、今日はじめての素の顔になって、ぱちぱちと瞬《まばた》きした。

「オロナミンC」

そう言うと、あ、ああ、今の子はなんでも略すんだから、とひきつった笑顔を見せた。

「はい、オロシー。一本じゃ足りないと思って二本買っといたよ」

ばっかじゃないの、二本もオロシー飲むかよ、って言おうかと思ったけれど、誘拐犯に向かって言うことじゃないからやめておいた。

「か、か、顔色悪いよ、大丈夫？」

誘拐しといてよく言うよ！　これも黙っておいた。黙っているついでに、しおらしい振りをすることにした。いかにも具合が悪そうに、喉元《のどもと》に手などを当ててみる。それから、あたかも熱があるように額《ひたい》に手のひらをのせてみた。

目の前の男は、おもしろいようにオロオロとしはじめた。あたしはそのままテーブルの上に突っ伏《つっぷ》す。本気で寝ないように気を付けなくちゃ、と思いながら。

「ね、ねえ、ちょ、ちょっと、ほんとに大丈夫？　ぐ、ぐ、具合悪いの？」

見なくても男の動揺は手に取るようにわかった。

「あ、あ、あの、今日はいきなりごめんね。こんなこと、本当はするつもりじゃなかったんだけど、にっちもさっちもいかなくて……。美希《みき》ちゃんを巻き込むなんてほんとはイヤだったんだけど……」

なにが、にっちもさっちもだ。ばっかみたい。当然無視を決め込む。

「な、な、なんかほんとにごめんね。よく考えてみたら、こんなばかげたこと……なんで……、まったく僕って男は……」

そう言ったあと、すん、と鼻をすする音が聞こえた。本物のばかだ。

「……あ、あの、実はね……由真《ゆま》さんとケンカしちゃって……」

は？　その程度のこと!?　あたしはがばりと顔を上げ、

「お母さんとケンカしたことと、あたしを誘拐するのってどういう関係があるんですか！」

と、大きな声で叫んだ。

「ちょ、ちょっとそんな大きな声出さないでよ、美希ちゃん」

男は人差し指を立てて、シーッなんてやっている。

むかむかしながら、目の前で汗をかいてるオロシーを一気飲みした。飲んでみたら、喉が異様に渇《かわ》いていたことに気が付いて、思わず二本目も開けて喉に流し込んだ。げえっと、豪快なげっぷが出た。男はあたしのげっぷも聞こえなかったようで、眉間《みけん》にしわを寄せて、なにやら真剣に考えている。

「西小原《にしこばら》さん」

大きな声で名前を呼ぶと、「ハ、ハイッ」と、突然指された生徒みたいにびくっと肩を揺らしてこっちを見た。

やれやれ、これではまるっきりいつもの西小原さんではないか。車で待ち伏せして、力任せにあたしを車に引きずり込んだまでは、男らしくてなかなかよかったのに。

「ほんとごめんね、美希ちゃん。美希ちゃんには関係ないものね」

「これからどうするつもり？」

「う、うん、ど、ど、どうしようかと思って……」

西小原さんは頭を抱えてうなっている。

「だって美希ちゃんは明日学校でしょ。やっぱまずいよね、こんな……」

すがるような目であたしを見る。なんだかいらいらしてきた。目の前のうだつのあがらない男にも、こんな男と付き合ってあたしに迷惑をかけるお母さんにも。

「ねえ、西小原さん。あなた、あたしを誘拐したんじゃないの？　学校がどうのとか言ってる場合じゃないでしょ？」

ちょ、ちょっと美希ちゃん。もう少ししずかにしゃべってよ。誘拐だなんて人に聞かれたら大変だよ。人聞きの悪い……。

あたしは大きくため息をついた。

「なんか、お腹空いてきた」

あきれてつぶやくと、西小原さんは待ってましたとばかりに席を立ち、ハンバーガーとアメリカンドッグとみそおでんと焼きそばとフランクフルトを買ってきた。

しかたなく、二人でぼそぼそとおいしくない軽食を食べた。

西小原さんはお母さんの恋人である。三十一歳。どこかの企業の会社員らしいけど、詳《くわ》しいことは知らない。だって実際会ったことがあるのは今日で三回目だ。まったく。三回目で恋人の娘を誘拐するなんてちょっと図々《ずうずう》しすぎやしない？　突拍子《とっぴょうし》なさすぎるし。

それにしても、西小原さんが誘拐を思いつくなんて超意外。だって本当に草食系だもん。いや、草食系じゃなくて植物系。空気だけで育つエアプランツみたいなイメージの人。いつだって感情のないような表情をしてるから、なにを考えているのかわかんないし、あたしに対してだって腫《は》れ物に触《さわ》るみたいに接するから、超からみづらい。その正直な感想を以前お母さんに言ったら、

「ああいう顔なのよん。冷静沈着でイカすでしょ」

だって。冷静沈着っていうよりも、ただのぼんやりちゃんだとあたしは思うけど。

お母さんは現在三十二歳。なんとあたしを十八歳で産んだ。ありえないっしょ、と思う。ばっかみたい、と思う。けど、そんなこと思ったら、せっかく生まれてきたあたしがかわいそうだから口に出しては言わない。あたしは今がけっこうたのしいし、産んでくれてありがとうってマジで思ってるから。

お父さんはいない。若いヤンキーによくある話で、あたしが生まれて一年も経たないうちにどっかに行っちゃったそうだ。だからあたしは、お父さんの顔を知らない。でも、おじいちゃんがいるし、おじいちゃんがお父さん代わりだからちっともさみしくない。

おじいちゃんは若くてほんとのお父さんみたいだし、おばあちゃんだってめちゃくちゃ若くてやさしくて、ほんとのお母さんみたいだ。だから本物のお母さんのほうは、お母さんというよりは姉妹みたい。姉妹といっても、もちろんあたしが姉でお母さんが妹のほう

なんだけど。

「あ、電話しないとまずいよね？　由真さん心配してるんじゃない？」

あたしを誘拐したにもかかわらず、そんなことを真顔で言う西小原さんだ。この人たち（もちろん西小原さんとあたしのお母さんだ）のおかげで、眉間の縦じわがくっきりと刻《きざ》まれている十四歳のあたし。

「電話する」

西小原さんをにらみつけて言うと、西小原さんは「はい、これ使って」と自分の携帯を差し出してきた。

非通知設定で自宅の電話番号を押す。おじいちゃんかおばあちゃんが出たら厄介《やっかい》だなと思ったけど、今日のお母さんのシフトは確か四時までだったはず。

「はい、もしもし」

よかった、お母さんだ。この人って、誰よりも先に受話器を取りたがるタイプなんだよね。

「もしもし、あたし」

「あー、なんだ美希か」

なんだ、ってなんだよと思いつつ、めいいっぱい悲痛そうな声を出す。

「お母さん、あのね……あたし……誘拐されたの……今、犯人に電話かけろって言われて隣に……」

というところで、すかさず電源ボタンを押した。今ので、はたしてお母さんは信じただろうか。うーん、微妙。

「ちょ、ちょ、ちょっとまずいよ、今の……」

西小原さんが隣で青くなっている。

「せっかく誘拐したんだからどこかに連れてってよ」

「ええっ？　ど、ど、どこかってどこ？」

この人ってマンガみたいだ。くるくると右を向いたり左を向いたり、足を一歩出したり引っ込めたり。有名大学を出てるって聞いたけど、大学の価値なんてたいしたことないなあと思う。

「どこでもいいよ。ドライブしようよ」

たまにはお母さんを心配させるのも悪くない。だって、いつも迷惑かけられてるのはこっちのほうだ。自由気ままなお母さん。あたしはいつもハラハラドキドキしっぱなしだ。

西小原さんは相変わらず、あっち向いたりこっち向いたりを繰り返している。

「ねえ、そんなふうに挙動不審にしてると、ほんとに通報されるよ。制服着てる中学生がこんなところであやしいおじさんと一緒にいるなんて、それだけで充分おかしいんだからさ」

西小原さんは、あやしいおじさんあやしいおじさん、と二回つぶやいた。そうしたら、少しは正気になったみたいだった。

「これって、東名高速だよね。えっとー、じゃあ、浜名湖《はまなこ》までお願いします」

電光掲示板を見ながらそう言うと、そんなに遠くまでえ⁉︎と西小原さんがうなった。

「ここから浜名湖サービスエリアまでどのくらいかかるの」

「……二時間半、いや三時間くらいかな」

「なんだ、近いじゃん」

でも……やっぱりダメだよ、と尻込《しりご》みする西小原さんの前で、

「みなさーん、この人、誘拐犯でーす！」

と、ちょっとだけ大きな声を出したら、あっさりＯＫしてくれた。浜名湖でうなぎパイをお土産に買って帰ろうと決めた。

西小原さんの車はごく一般的なセダンだ。車には興味がないらしい。お母さんなんて、すっごくボロいクラウンとか、年代モノのマークⅡとかクレスタとか、さすが元ヤンって

な車が大好きで、すぐに故障するくせにまた同じようなものを買ってきて、しょっちゅうおじいちゃんに怒られている。マフラーを改造してるから、エンジンの音がうるさくて近所迷惑なのだ。

時計は午後七時を回ったところだ。十一月の夜の風はとっても冷たいし、外はまっくらだ。窓の外だけを見ていると「誘拐」という言葉がぴったりくるけど、西小原さんの横顔はどこか間が抜けていて、車内は妙に能天気な雰囲気。あたしが勝手にかけたCDからは、さらに能天気な女の歌声。県庁所在地を順番に歌ってるらしい。なんだこりゃ。

「そもそもなんでお母さんとケンカしたんですか」

女の歌声を制するように大きな声で、西小原さんにたずねてみる。

「あの……今から思うとほんとにぜんぜんたいしたことじゃなくて……」

「たいしたことあるから、あたしを誘拐したんでしょ。ゆ・う・か・い・ゆ・う・か・い」

あああ、とこの世のものとは思えないほど沈んだ声を出したあと、西小原さんはまた、すん、と鼻をすすった。

「……実は、あの、由真さんが、僕が世界一大切にしていたものを壊してしまったんです。だから、その……」

「ふうん、だからあたしを誘拐したんだ。西小原さんの世界一大切なものを壊したから、その仕返しってわけね。お母さんのいちばん大切なものはなにかって考えたら、娘のあたしだったってわけだ。へえー、ふうん、そうですか、へえ」

すみません、と言ってうなだれている。前ちゃんと見てよ！　運転気を付けて！　と、鋭く声をかける。事故られたら大変だ。冗談じゃない。

「ねえ、ちなみに西小原さんの、その世界一大切なものってなに？」

そう言うと、西小原さんは「ううっ」と声を詰まらせた。

「僕ってばかみたいです。そんなもの世界一大切でもなんでもなかったです……」

「言い訳はいいから。それはなにかって聞いてるだけ。で、なんだったのよ？」

しゃべり方、由真さんに似てますね、とぼそっと言われる。確かに、言い訳するなってお母さんがよく言うセリフだ。それにしても西小原さん、いつのまにかあたしに対して敬語じゃん。完全に立場逆転。

「森高《もりたか》のフィギュアです」

え？　よく聞こえなかった。なあに、もう一度。

「だから、森高のフィギュアです。森高千里《ちさと》。かなりレアです。由真さんは、森高の足をもいじゃったんです。どうしてもげるのかさっぱりわからないんだけど、とにかく森高の足を取っちゃったんです。森高の足を！」

あたしは、急ならせん階段をものすごいスピードで落ちてゆく感覚に陥《おちい》る。

「それで僕がちょっと怒ったら、由真さん、逆ギレして、今度は森高の服をはさみで切っちゃったんです。もう信じられません。謝るならまだしも、さんざんなじられて、『もう、お前とは別れる』って。そんなこと言われても……」

あー、と脱力した声が出る。本当にもうどうでもよくなってきた。やっぱり西小原さんはそっち系のヒトだったんだ。それなのに、なんでお母さんなんかと付き合ってんだろ、ぜんぜん共通点なしじゃん。

そう思って、なれそめをたずねてみたら、なんとお母さんのほうから声をかけたらしい。西小原さんはお母さんが好きな仲村《なかむら》トオルに似ているらしく……。

「ぜんぜん似てないけど？」

「僕もそう思うんですけど、由真さんはそっくりだって言って。それでよく見たら、由真さんって森高に似てるじゃないですか。だからそれで意気投合して……」

森高千里って人をあたしは知らないけど、そういえば、お母さんは自分で森高似だって豪語してるっけ。

「あ、もしかしてこのへんな歌が森高？」

そう言うと、へんじゃないです、と返ってきた。

「ああ、そうですかそうですか。すみませんね、ぜんぜんへんじゃないっすよ。試験に県庁所在地が出てきたらラッキーですもんね、はははは」

「そうです。森高はすごいんですよ、これでテストは百点でしょう」

西小原さんは真顔で言ってあたしをしらけさせ、聞いてもいないのに自分史（っていうか森高史だ）を勝手に語り出した。

西小原さんが中学一年のとき、たまたまつけたテレビ番組に森高千里が映っていたそうだ。西小原さんは、その神がかり的なまでの美しさに、雷に打たれたような衝撃（西小原さんがそう言った）を受けたらしい。西小原さんはお小遣いをせっせと貯めて、ビデオやグッズを買い、コンサートに出向いた。

斬新《ざんしん》ですばらしい歌詞のセンス。作曲、ドラム、キーボードなどの音楽的な才能。他のアイドルとは一線を画す、徹底したアイドル性、いわく自分の容姿を最大限に活かしアイドルというものを大胆に演じ、そのユーモア性を真面目にやってのけ、自分もまたそれを十分にたのしむという聡明さと崇高《すうこう》さ。森高がいなかったら、二〇〇〇年代のアイドルたちは存在しなかっただろう云々《うんぬん》、むろん足のきれいさについては今さら言及するまでもないｅｔｃ……。

西小原さんはまるでなにかの論文を発表するみたいに、すらすらとよどみなくしゃべった。

……絶句。あ然。まったくもって不気味すぎる。

まったく。なんなんだろう、この人たち。これでもいっぱしの大人なのか。

「あ、あの、美希ちゃんを誘拐したことは、本当にごめんね。ごめんなさい」

「もういいっすよ」

投げやりな返事になってしまう。

「僕は結局、由真さんと別れたくなかったんだよね……」

西小原さんは、とてもちいさな声でそう言ったけど、あたしの耳にはよーく聞こえた。

西小原さんの横顔をちらっと見る。仲村トオルがメガネをかけたらこんな感じなのかなと想像するけど、どうひいき目に見ても似てない。似てるなんて言って声をかけたのは、お母さんの作戦だな。だってこの人、どこからどうみてもやさしそうだもん。そして実際やさしいんだと思う。お母さんはやさしい人に弱い。まったく、やさしい人に弱いだなんて、もうそれだけで、お母さんってかわいそうなヒトじゃん。

「西小原さんは、お母さんのどこが好きなの？　森高似以外で」

暗い車内でも、西小原さんの耳と頬《ほお》が少し赤くなったのがわかった。

「やさしくて強いところです」

迷うことなくそう言った西小原さんが、あらあら不思議、なんとなく仲村トオルに見えてきた。結局、くっだらない痴話《ちわ》げんかに巻き込まれたかわいそうな娘ってわけかあ。チンプな結末。

道路はとても空いていて、西小原さんがトイレ休憩を一回とったけれど、午後八時半には浜名湖サービスエリアに着いた。ふぁーっと伸びをしてから、身体をぐるりと動かす。

「さ、寒いね。風邪引かないでね。あ、明日学校でしょ。だ、だ、大丈夫?」

「わかんない、熱が出て休むかも。せっかく今まで皆勤賞《かいきん》なのに、明日休んだら西小原さんのせいだからね。部活だってあるんだから」

なーんて実は明日は学校休み。タイミングよすぎだけど、明日は学校の創立記念日なのだ。そうとは知らず、おろおろとうろたえる西小原さん。

「ごめんねごめんね。すぐに戻るから。帰りの車のなかで寝ればいいよ」

「うなぎパイ買ってくれる?」

西小原さんはきょとんとした顔のあと、もちろんだよ、と言って、あたしの分とお母さんの分と凜の分、二十四枚入りを三箱買ってくれた。

「あー、もしかしてあれが浜名湖?」

「うん。そうだよ」

暗くてよく見えないけど、ちょっと感動。思ったよりもでっかい。

「こ、今度さ、昼間にさ、由真さんと一緒にまた来ようよ」

西小原さんがぎくしゃくと、なかなかよい提案をする。

「潮干狩《しおひが》りとかもできるしさ。春になったら来よう」

「お母さんと仲直りするの？」

「も、もちろんだよ。あ、あ、謝るよ、ちゃんと」

「お母さんはさ、森高フィギュアにヤキモチ焼いたんだよ。あの人って嫉妬《しっと》深いからさ」

「う、うん」

「それだけお母さんは西小原さんのことが好きってことだよ。よかったじゃん」

「う、うん」

西小原さんが今にも泣き出しそうだから、もう励《はげ》ますのはやめた。だいたい誘拐されたあたしが誘拐した犯人を励ますのがおかしい。うなぎパイくらいじゃぜんぜんわりに合わない。

「じゃあ、帰ろう」

そう言って西小原さんは、自分が着ていたジャンパーを脱いであたしの肩にかけた。西小原さんは男のくせにたばこの臭いとかぜんぜんしなくて、シャンプーみたいないい匂いがふうわりとただよった。

「ねえ、今さら遅くない？　ふつう、車降りるときにとっくにかけるでしょうよ。もう車に乗る寸前じゃん。今さらジャンパーかけられたってさ」

「そういえばそうだよね」

真面目に答える西小原さんがおかしかった。

帰りの道はトラックがほとんどで、かなり空いていた。間抜けな誘拐犯との夜のドライブ。まるでマンガだ。凛に話したら超受けるだろうな。

「ねえー、西小原さんはお母さんと結婚する気なの？」

ほんのちょっと開いている窓の隙間《すきま》から、ゴオーッという音が流れ込んでくる。今言ったこと、西小原さんにはぜんぜん聞こえなかったみたいだから、窓を閉めてからもう一度同じ質問をした。冷たい風で耳とほっぺたがすっかりつめたくなった。

「ええ？　あ、ああ、うん、ううん、あ、いや、わ、わかんない」

なんだそれ。

「あたしさー、妹が欲しいんだよね。ま、弟でもいいけどさ」

「ええ!?」

西小原さんがものすごく大きな声を出すから、こちらのほうがびくっとしてしまった。

「なによ、そんなに驚くこと？」

「あ、ああ、いや、そんな、だって、えっと、それって、僕が美希ちゃんのお父さんになるってことも含まれてるんだよね」

そんなことぜんぜん考えていなかった。けど、そうか。妹か弟のお父さんは西小原さんなんだから、その姉のあたしだって西小原さんの子どもってわけだ。西小原さんがあたしのお父さんねえ……ふうむ。

黙りこんでしまったあたしに、「ごめんごめん」と西小原さんが謝る。

「へんなこと言ってごめんね、美希ちゃん」

慌てて謝る西小原さんはとても誠実そうだった。お父さんでもいいかもね、とちょっとだけ思った。

「ぼ、ぼ、僕はさ、ちなみにさ。オタクとかマニアとかそっち系じゃないんだ。ただたんに森高ファンだってだけなんだ。由真さんが壊したフィギュアは実は市販品じゃないんだよ。友達の友人の知り合いがフィギュアとか作る人で、特別に作ってもらったんだ。だから由真さんに破壊されてちょっと怒っちゃったんだけど。

フィギュアとかいうと、みんな誤解するけど、ち、違うんだ。純粋なファンなだけ。決してそういった方面の人じゃないんです」

西小原さんが突然べらべらとしゃべり出す。照れ隠しなのかなと思うと少しだけ親しみを感じた。

「美希ちゃんも誰か好きな歌手とかいるでしょ？」

特にいないけど……、と答えると、そっか、残念、と西小原さんはひどく落胆したような顔をした。

「でももう、森高もとっくに人妻だし、子どもだっているんだし。いつまでもムキになってたらおかしいよね」

なんとも答えようがなかったので、うーん、とうなっておいた。

「ねえ、そういえば、西小原さんって下の名前なんていうの？　お母さん『にしこ』って呼んでるでしょ。はじめ、なんだろって思ってたんだけど」

「あ、ああ、僕の名前ね。そうなんだよね、由真さん、僕のこと『にしこ』って呼ぶんだよね。女の子みたいでやだなあと思ってるんだけど」

にしこ、なんて女の子の名前あんまり聞いたことないですけど？　と心のなかだけで言ってみた。

「下の名前はタカシです。西小原隆《たかし》。ふつうでしょ」

西小原さんはそう言って、ふふうっと笑った。

「えっと、美希ちゃんだったら、西小原美希。由真さんだったら西小原由真。うん、どっちもいいね！」

なんだか調子づいてきた西小原さん。やっぱ少し変わってるかも。白い目で見ていたら、我に返ったようにしゃきっとして、急に「お母さんが若くていいね」などと見当違いのことを言いはじめる。

「べつに」

「授業参観とか自慢でしょ」

「べつに」

「僕は末っ子で、母親がけっこう年とってたから参観日はちょっと憂《ゆう》うつだったなあ。美希ちゃんはいいよう。お母さん美人だし」

自分の恋人のことを平気で美人とか言っちゃうところがなんともいえず微妙だし、いたいけな中学生の心情を、この人はまるでわかってない。中学生っていうのは、みんなと同じがいいのだ。授業参観で一人だけ若くて、平気で足を出したり、あたしのTシャツを勝手に着たり、キティちゃんのハンドバッグを持ってくるお母さんなんてはずかしいだけなのだ。

あたしはみんなと一緒がいい。普段よりちょっとだけよそゆきっぽい格好をして、髪をきれいにブローして、茶系のバッグを持っているみたいな。だから授業参観には、おばあちゃんが来てくれたほうが実は安心する。おばあちゃんは、他のお母さんたちに自然となじんで、すぐに紛《まぎ》れてくれる。お母さんみたいに、一人だけ目立って浮くことはない。

「だって十八のときの子だよ。ちょっとすごくない？　西小原さんはいいの？　そんなさ、十八であたしを産んだお母さんなんかで」

言ったとたんに後悔した。こんなふうに言うつもりじゃなかったのに。なんでお母さんを悪者みたいに言っちゃうんだろ。

でもだって、お母さんっていつまでたっても子どもみたいだし、すぐに怒るしすぐに泣くし、笑ったと思ったら不機嫌になるし、好きな人もコロコロ替わるし、茶髪だし、アイメイクばっちりだし……。

「かっこいいじゃん」

「え？」

「由真さん、かっこいいじゃない。僕は好きだな」

あたしの思惑《おもわく》を知ってか知らずか、西小原さんはまるで口笛でも吹いているかのような調子でさらりと言った。

かっこいい。

そうだ、確かにお母さんはかっこいい。男気がある。小さい頃、お母さんと電車に乗っていたとき、電車の揺れであたしが誤《あやま》って近くにいた男の人の足を踏んづけてしまったら、その人が怒鳴《どな》って、お母さんもあたしもちゃんと謝ったのに超しつこくて、あたしは怖くて怖くて泣き出しちゃって、そうしたらお母さんが、

「もう何度も謝ってるでしょうが！　子ども相手に大人げないんだよ！」

って、ものすごい剣幕《けんまく》で言い返して、そしたら男の人はもっと怒り出して、お母さんときたら、その倍以上に怒りまくって怒鳴り倒して、見かねたまわりの人たちに止められて……。同じような経験はそれからも何度かあった。向こう見ずな正義感。その根本にあるのは、いつだってあたしへの大きな愛情だ。

やべっ、なんだか泣けてきた。けど、泣くもんかと思って、わざとへらへらと笑った。

「高校生のときに妊娠がわかって、みんな大反対だったけど。由真さんはどうしても産みたかったんだって。『反対する人は、あたしに人殺ししろって言ってんだよ。実の親がそう言うんだからまいったよ』って言ってたよ」

「ふうん」

適当に流すふりをしつつ、生まれてきてよかったって素直に思った。今までの十四年の

人生がまったくなかったらと考えたらぞっとした。そんなのだめだめ、凛とだって会えなかったし。だめだめ、絶対だめ。

「うん。やっぱり西小原美希っていいよ。ねえ、けっこういいんじゃないかな」

西小原さんが笑顔で言うから、そうだね、けっこういいかもね、と言ってあげた。

「お母さん心配してるかな。あんな電話かけちゃったし」

西小原さんは心配御無用、とやけにはりきって言い、ひそかにお母さんとメールのやりとりをしていたことを白状した。

「やだっ、ずるい！　いつの間に」

「美希ちゃんが電話かけたすぐあとに由真さんからメールがきたんだよ。犯人は僕だって、完璧にバレてたみたい。阿呆《あほう》な誘拐犯だね。由真さん、ちょっとドライブにでも連れてってあげてよ、なんてメールよこすんだもの」

あちゃー。なんだかばっかみたい、あたしって。でも……。

「今日はどうもありがとう。なんかためになった」

そう、誘拐してもらってよかったかも、って思ってる。西小原さんのこと、ちょっとだけわかったし。あたしの知らないことも教えてくれたし。

西小原さんは「こちらこそ」と、ハンドルを握りながらうやうやしく頭を下げた。

そのあと少し寝たら、車はもう一般道だった。つかの間のドライブはおしまい。ちょっとだけ、さみしいようなへんな気持ちがした。

帰ったら絶対、西小原さんはお母さんに怒られるだろうな。メールでやりとりしていたとはいえ、お母さんにとって世界一、大事なあたしを誘拐したんだから。

「にしこ！　このバカ男！　よくもわたしの娘を誘拐してくれたわね！」

そう言って、往復ビンタを食らわすかもしれない。いや、それだけじゃすまないかも。

「美希！　あんたもこんなぼんくらにまんまと誘拐されてるんじゃないわよ！　運動部なんだから、もっと機敏に行動しなさい！」

きっとそんなことも言うだろう。とんだとばっちりだ。でも想像したら笑えた。

窓の外の夜の闇は深くなって風もますますつめたくなってきたけれど、不思議なことに心はぽかぽかとあたたかかった。

やさしい太陽

好きな人ができたから別れたい、と太陽《たいよう》に申し出た。

「え!?」

と大げさな声を出したわりには、寝転んで読んでいる雑誌から目を離さない。

「だから、悪いけど出てってくれる？」

「えー!? やだよう、ここがいいよう」

相変わらず太陽は雑誌をめくっている。

「本気だからっ！」

そう言って、手のひらでテーブルをバンッと叩く。その音で、太陽がようやく雑誌から顔を離す。

「なに、どうしたのさ、蘭《らん》ちゃん。そんなに熱くなっちゃって」

ここで怒ったら負け。こらえなきゃ、こらえなきゃ。

「言ったとおりよ。今日……じゃ、いくらなんでも無理だろうから、明日よ。明日中に出てって。ハイ、さっさと荷物をまとめる！」

「やだよう、なんで急にそんなこと言うんだよう。僕、ここがいいよう。蘭ちゃーん」

太陽はのろのろと立ち上がり、読んでいた雑誌をテーブルに置いて椅子《いす》に座った。雑誌は、わたしが購読しているファッション誌だった。なんでこんなものを真剣に読んでいるのかさっぱりわからない。

「いちいち椅子に座らないで。さっさと片付けてよ」

「そんなあ。蘭ちゃんも立ってないで座りなよ。コーヒーでも飲もうか。そうしたら落ちつくよ。あ、じゃあ蘭ちゃん、立ってるついでにお願いね」

ふつふつとこめかみあたりの血液が沸《わ》き立ちそうだったけど、深呼吸を二回して気持ちを落ちつかせた。怒ったらだめ。最後ぐらい怒らないで終わりにしたい。

「じゃあ、いいよ。僕がいれてあげる。インスタントでいい？　あ、でも、せっかくだからちゃんといれようか。こないだ出産祝いかなにかのお返しで、挽《ひ》いた粉もらったよね？あれ、どこにあったっけ？」

まるで自分のことのように言っているけれど、出産したのはわたしの友達で、出産祝いを贈ったのもこのわたしで、そのお礼にコーヒーをもらったのも、もちろんこのわたしだ。

部屋にあるほとんどすべてのものはわたしのもので、家賃を払っているのだって光熱費や食費を払っているのだって、ぜんぶわたし。

太陽の所持しているものといったら、ボクサーブリーフ三枚、数枚のTシャツ、シャツ一枚、ジーンズ二本とジャンパー一枚、今だらしなく着ているグレーのスウェット上下はわたしがユニクロで買ってあげたものだ。全部合わせても簡易なボストンバッグに余裕で入る。

「はい、できたよ。ブルーマウンテンだって。違いわかる？　僕ぜんぜんわかんない。あは、みんなおんなじ味に思えちゃう。あ、蘭ちゃんは牛乳入れるんだよね。待ってて、入れてあげる。ついでに僕もいーれよっと」

どぼどぼと牛乳を流し込む。せっかくいれたコーヒーが台無しだ。そもそも牛乳を入れるのはインスタントコーヒーの場合だけで、コーヒーメーカーでいれたときはブラックで飲むのがわたし流なのだ。一年も一緒に住んでいてそんなことも覚えていないのか。

「なんかまっしろになっちった。ま、いいか。さっ、飲も。蘭ちゃん」

満面の笑みで白濁《はくだく》したコーヒーをすすめる太陽。

「こりゃ、砂糖も入れたほうがいいみたい。なんかピンボケした味だよ。だめだね、ブルーマウンテンって」

牛乳を入れすぎなんだよっ！　と心のなかだけで言い、わたしのカップにも大盛の砂糖を入れようとする太陽の腕をはたいた。

「あぶなっ。砂糖こぼすところだったよう。砂糖って掃除するの大変なんだよう」

そう言う太陽の顔がどうにも芝居《しばい》がかっていて、癪《しゃく》に障る。とりあえず、真っ白くなったコーヒーを飲む。カフェオレというには薄すぎる。

「わたし、好きな人ができたの。だから太陽にここにいてもらっちゃ困るの。明日必ず出て行ってね」

普段どおりの口調を心がけて、冷静に言った。太陽は上目遣いにわたしを見る。捨てられた子犬のようなつぶらな目だ。まるでこっちが悪いことをしているような気にさせられる。でもその目には、もうだまされないぞと心に誓う。

「だって、ここを出てったら僕、どこに行けばいいの。行くとこないよ。橋の下にでも行けって言うの」

「今の時期なら野宿でも大丈夫よ。川原なら水もあるし、一週間くらいはどうにかなるんじゃない？」

「そんなあ」

と言う太陽は、「そんなあ」と露《つゆ》ほども思っていない表情だ。そりゃあそうでしょうよ、あんたなら行くところたくさんあるでしょうよ。

「ねえ、本当なの？　好きな人ができたって？　僕よりもその人のほうが好きなの？　本当に僕よりももっともっと好きになっちゃったの？」

テーブルの上に置いてあったクッキーをぽりぽりかじりながら、悲痛そうな顔を作る。

「そうよ。さっきから言ってるでしょ。だから明日必ず出て行って。明日、わたしが仕事から帰ってくるまでに出てって。カギは植木鉢《うえきばち》の下に置いといてくれればいいわ」

太陽はクッキーを食べ続けている。しかもわたしの大好物のアプリコット味。と思ったら、その次に好きなレモン味に手を伸ばしている。たまにはゆっくりとおいしい紅茶でもいれて、気分よくクッキーを食べようと、自分用に買ってきた有名店のクッキーだ。

太陽用のクッキーは、実家から送られてきた大缶入りの安いやつがあるじゃないか。なんでそっちを食べないんだ。こぶしを握《にぎ》りつつ、ここで怒ったらいけないと、広い心で、ぐっと言葉を飲み込む。

「だめだよう、植木鉢の下だなんて。そんなところ、すぐにばれちゃうよ。泥棒にでも入られたらどうするの？」

太陽が二枚目のレモン味に手を伸ばそうとする寸前に、テーブルの上を拭《ふ》く振りをして、さりげなく袋をこっちに引き寄せた。

「太陽より泥棒のほうがまだマシなのよ。明日必ず出てってね。約束して」

真剣な表情と口調でそう言うと、太陽はしずかに二回瞬きをした。長いまつげが落ちるとき、ぱちり、と音がしそうである。子どもの頃、こういうミルク飲み人形を持っていた記憶がある。まぶたを閉じると本当に、「ぱちり」と音がするのだ。

「蘭ちゃん、本気なんだね」

太陽がわたしをまっすぐに見つめる。わたしも目をそらさないで、しっかりとうなずいた。

「わかった。明日出て行くよ」

太陽のその言葉を聞いて、わたしは大きく息を吐く。八割が安堵《あんど》で、残り二割がうしろ髪を引かれる気持ち。

「あっ、そうだ。さっき凜ちゃんから電話あったよ」

「えっ、なに!?　てか、なんで勝手に出るのよ！　電話には出ないでって何度も言ってるじゃない！」

だって、留守電で凜ちゃんだってわかったからさ、凜ちゃんなら僕も知ってるし、いいかなあって思って。だって、蘭ちゃんの携帯に何度も電話したけど出ないって言うからさ……。

「ったく。で、なんだって？」

「明日こっちに来るんだって。泊まるらしいよ。凜ちゃん、今夏休みだって。蘭ちゃん、知ってた？」

知ってるもなにも、妹の凜を呼んだのはほかでもないこのわたしだ。太陽が出て行ったあと、新しく好きになった人を呼ぶつもりで、そんな気持ちを設定して、代わりに妹の凜を呼んだのだ。

「僕も凜ちゃんに会いたいな。ひさしぶりだもん」

ダメっ！　と即却下。あとで凜に連絡して、太陽と会わないようにさせなくちゃ。凜は太陽ファンだから始末に悪い。わたしとひと回り違う妹。あの子だって、もう十五だもの。太陽は見境ないから、細心の注意を払わなければ。

つまるところ、好きな人ができた、なんてまるっきりのうそ。うそに決まってる。太陽のことは、きっと、たぶん、まだ、好きなのだ。そんなの自分がいちばんよく知っている。

だけど、もうダメ。限界。この男はやさしすぎる。やさしいだけがとりえの男だけはやめなさいって、昔おばあちゃんに教えられた。やさしい男は、あんただけにやさしいんじゃなくて、どの女にだってやさしいんだから、と。

確かに。今となっては、その言葉が骨身に沁《し》みる。太陽と暮らしたたった一年の間、この男はいったい、わたし以外の女にどれだけやさしくしたのだろう。

わたしが覚えている限り、というよりは、はっきり確認した限りでは四人。

四人。

四人だよ、四人！

はじめてのときの衝撃はいまだ忘れられない。仕事から帰ってきたら、家のなかにわたしのTシャツを着た女が膝《ひざ》を抱えてテレビを見ていたのだ。Tシャツのわきから、ほそいパンティのひもが見えた。

一瞬部屋を間違えたのかと思った。すばやくあたりを見回した。むろんわたしの部屋だ。

「誰」

と言ったと同時に「おかえり、蘭ちゃん」といういつもの声。太陽もパンツ一枚だった。てろってろのトランクス一枚しか持ってなかったから、わたしがGAP《ギャップ》で買ってあげたボクサーパンツだ。

「誰」

同じ言葉を繰り返しているのに、声のトーンでまったく違う響きとなった。

「誰！」

三回目の「誰」で、ようやく女がこちらを向いた。

「どうしたの？　蘭ちゃん。そんなに大きな声出して」

太陽がにこやかに言った。

「この子、浅野春奈《あさのはるな》ちゃん、だってさ」

太陽が女を紹介して、浅野春奈は「どうも」と軽く会釈《えしゃく》した。

「なんで人の家に勝手にあがってんの？」

あ、僕が入れてあげたの。行くとこないっていうから。

太陽の平然とした受け答えに、脳みそがわっしゃわっしゃと洗濯機にかけられたみたいになった。

「出てって」

「ん？」

「今すぐこの女を連れ出して！」

ぽかんとした表情でわたしを眺めている二人を見たとたん、無意識のうちに獣じみた咆《ほう》哮《こう》が己の口から出ていた。

「ちょ、ちょっと蘭ちゃん」

わたしの肩に手をかけた太陽の鼻っ柱にワンパンチを食らわせ、脳の洗濯機がしずかになるまで叫び続けた。その間に、女はわたしのTシャツを脱ぎ捨て、風呂場にあったのであろう自分の服を身に着けた。尻が半分出ているような短さのホットパンツと乳首が透けて見えそうに薄いタンクトップ一枚だ。

ぎゃああーーああー、はやくでていけー、このあまあー、ぐっぎゃーああーおわーー！

女はそのまま出て行った。太陽は鼻を押さえておろおろとしていただけだ。

それが記念すべき第一回目。まざまざと思い出して、あまりのむかつきに内臓が口から出てきそうになった。有名店のクッキーのレモン味をかじって、心を落ちつかせる。

もういいんだよ。思い出さなくていいの、蘭。もう忘れるんだから、ぜんぶ。

そう言い聞かせる。糠《ぬか》に釘《くぎ》、暖簾《のれん》に腕押し、太陽に説教、どれもみんな同じ。この男にいくら説明したって、ひとつもわかっちゃくれないのだ。

「ねえ、好きになった人ってどんな人？」

「男らしくて誠実な人。太陽と正反対」

そう言ってみて、ああ、そんな人と本当に付き合ってみたいと思う。でも結局、わたしが好きになる人は、そういうタイプじゃないのだ。やさしいだけの、でくのぼうばかり。

「僕と正反対なのかあ。そうかあ」

太陽がしみじみと、それでいて歌うように言う。背は高いけど、女の子みたいなかわいい顔。色白で痩《や》せていて、笑うと目がなくなって、八重歯が見えてぺこんとえくぼができる。

ああ、太陽。わたしはだまされたのだ、その風貌《ふうぼう》とやさしさに。

記念すべき第一回目の女が出て行ったあと、太陽は鼻を押さえながら、いったいどうしたの？ と聞いてきた。鼻の骨も折れてないようだし、鼻血すら出てなくて、そのときわたしはちょっと手加減した自分の甘さを呪《のろ》った。

「いったいどうしたの？ ってなに!? それはこっちのセリフでしょ！ なんだっていうのよ。なんで見ず知らずの女がわたしのTシャツ着て、家のなかにいるのよ！」

そう言いながら、隣の部屋の寝室を見たとき、朝きちんとベッドメイキングしたはずのベッドがめちゃくちゃに乱れていて、また脳みそがわっしゃわっしゃと洗濯機にかけられたようになった。身体中の血が沸騰《ふっとう》して、息ができなかった。

「あの女と寝たの？」

って、何度も聞こうとしたけど、いざ言おうとすると石でも飲み込んだみたいに喉が詰まって、ついぞ聞けなかった。でも、聞いたってしょうがない。そんなの聞かなくても一《いち》目瞭然《もくりょうぜん》じゃないか。

それでも許した。太陽は「蘭ちゃんが日本でいちばん好き」と言ってくれたし、その言葉に嘘はなさそうだった（日本でいちばん、というところが太陽らしい。日本がこの世の中でいちばん大きなものだと思っているふしがある）。

「蘭ちゃんとこうして毎日一緒にいられて、本当に幸せ。大好き、蘭ちゃん」

そんな甘ったるいセリフを照れることなく、惜《お》しげもなく言ってくれる太陽のことを、わたしだって大好きだったのだ。

でもやっぱり無理。無理無理無理無理。四回目のはち合わせはつい先月のことだ。仕事から帰ってきて玄関のドアを開けたら、目の前に女がいた。ピンヒールを履《は》いているところだった。狭い玄関で女が前かがみになっているものだから、わたしのほうが遠慮してドアを開けたままの格好《かっこう》で外の通路に退いた。

「失礼しました」

ピンヒールを履き終わった女はそう言って、そのまま出て行った。

「ちょっと！　太陽いるの！」

いるよー、という気の抜けた声。ソファーに座って悠長《ゆうちょう》にコーラを飲んでいる。

「誰よ、今の！」

「えっと、木村《きむら》たかこさん。バイト先のお客さん」

「なんでその人がうちに来たわけ?」

「帰り道が一緒だったから、寄っていきますか、って言ったら、はいって言うから」

わたしは大きくため息をついた。四回目があったらもうやめよう、と思っていた。仏の顔も三度までだ。

「わたしのことが本当に本気で好きだったら、わたし以外の女を家にあげないでってあれほど言ったよね? 指切りして約束したよね!?」

太陽は「そうだった」と、たった今気付いたみたいに言って、

「ごめんね」

と謝った。

二回目、三回目のときもそうだった。「ごめんね、蘭ちゃん。本当にごめんね」と、心底申し訳なさそうな、それでいて悪いなんて少しも思っていないような口ぶりで言うのだ。

四回目のとき、頭のなかでなにかが「ぶちっ」と切れる音が確かに聞こえた。〝堪忍袋《かんにんぶくろ》の緒〟の存在を確認できた瞬間だった。そのやけに明瞭《めいりよう》な音で、もう無理なんだと妙に納得できた。わたしがなにをどれだけ言ったって、この男の性癖はぜったいに直らないのだ。

太陽が出し惜しみしないでパンツを脱いだのは、たぶん一回目と三回目。二回目と四回目に至っては、この部屋でお茶を飲んでいただけだと、甘ちゃんのわたしは推測している。二回目はかなり年配のご婦人だったたし、四回目のピンヒールは、本当にただお邪魔しただけです、というオーラをかもし出していたから。ちなみに、にっくき三回目のバカ女は、鼻歌まじりで、濡れた髪を人のドライヤーで乾《かわ》かしていた。

発覚したのはそれだけだったけれど、わたし不在の間にはもっと複数の女を連れこんでいるだろうし、この家以外でだってかなりの回数、そういうことを行っていると思われる。

太陽は、わたし以外の女と関係を持つことについて、まったく悪いとは思っていない。相手が求めればなんでも「うん」とうなずき、行動に移す。頼まれればいやとは言わない。

お金だってない。レンタルビデオ店で週に四日働いて、わずかながらに貯《た》まっているかな、と思いきや、通帳というものを作る間もなく、すっからかんになっている。誘われるがままについてゆき、頼まれるがままにお金を出しているらしい。給与が手渡しというところもよくない。

出来の悪い息子ほどかわいい、というばかな親のような気持ちで、そういう点は見逃してきた。生活費を払って欲しくて一緒にいるわけじゃない。好きだから一緒にいるんだって、それだけを思って暮らした一年。長いようで短かった。

「僕、男の人って苦手なんだよね。みんな僕のこと、キライみたいなんだもん」

女からモテて、同性からは嫌われるなんてしょうもない。ほんと、しょうもないって思ってたけど、ほっとけなかった。でももう限界。いや、ほんとはまだ限界じゃないかもしれない。まだ一緒にいたい気持ちも少なからずある。でも、でも。

ダメッ！

自分で線を引かなきゃ、いったい誰が引いてくれるのだ。あさっては二十七歳の誕生日。二十六歳のうちに決着をつけるのだ。

さようなら、太陽。さようなら、優柔不断なわたし。


最後の晩餐《ばんさん》だから、太陽の好きなものを作ってあげることにした。太陽の好きなものはカレーとハンバーグ。だから、今日はカレーハンバーグ。しかもカレーは甘口。「カレーの王子さま」などを本気でうまいと言って食べるから、二十五歳日本男児の味覚としていかがなものか、とかなり心配になる。

ニンジンは食べられないから入れない。タマネギも原形をとどめていると口からはき出すので、みじん切りにしてあめ色になるまで炒《いた》め、とろっとろに溶けてなくなるまで煮込む。

と言うわりに、ハンバーグのタマネギは大丈夫なのだ。太陽の苦手なものは他にもたくさんある。トマト、ピーマン、シイタケ、エノキ、ラム肉、青魚、ラー油、油揚げ、プレーンヨーグルト、らっきょう、たくあん、酢の物、ブロッコリーの茎《くき》、パイナップルと桃の缶詰……。

将来自分に子どもが出来たら、絶対に好き嫌いは許さない母親になろうと決める。冗談じゃない。甘ったれめ。

「わーい、今日は僕の大好きなカレーハンバーグだね。ありがとう蘭ちゃん。僕、お風呂洗ってくるよ。たまには磨《みが》かなくちゃね」

そう言って、いらない歯ブラシなあい？　と聞いてきたので、一瞬迷ってわたしの使わなくなった歯ブラシを渡した。本当は太陽の歯ブラシを渡したかったけど、まだあと二回は使うだろう。

「がんばるぞー」

そう言って、長ネギみたいな細い腕で力こぶを作る。もちろん力こぶは出ない。それを自分でも知っているので、照れたように頭をかく。太陽が笑う。

ああ、この笑顔。惜しい。惜しい。惜しい。

惜しい気持ちを少しでも軽減させるため、わたしは無理やりこれまでの女との、四回の遭遇場面を思い出す（特に一回目と三回目）。そうして、やっぱり無理だ、と自分を納得させるのだ。あんな思い二度としたくない。血圧が上がって確実に寿命が十年縮まった。

風呂場からは陽気な歌声が聞こえてくる。『ドラゴンボール』の主題歌らしい。

「お風呂場で歌うと、なんだか上手に聞こえない？」

そんな子どもみたいなことを、そういえば以前言っていた。

「こう、エコーがかかる感じなんだよね」

はじめて知った大発見みたいに、得意げに話す太陽がかわいかった。って、ああ、いけないいけない。思い出収集家になるのだけはやめようと決めている。だって二十七だよ。友人たちもそろそろ結婚を意識しはじめている。来年あたりは、披露宴に呼ばれる機会が一気に増えそうだなと感じているこの頃だ。わたしは一歩出遅れたってわけだ。

太陽と結婚しようなんて、考えていたわけではなかった。仲のいい女友達は「本気になるのだけはやめておけ」と何度も忠告してくれた。そのたびにわたしは言った。本気になんかならないよ。だってプーだし、貯金ゼロだし、住むとこもないし。ただ一緒にいればたのしそうだからさ。それだけ。

そう、期待なんてしてなかったはずだ。行くところがないと言う太陽に、わたしがせっせと世話を焼いたのだ。頼めば洗い物だって掃除だって、わたしの下着だって干してくれる。わたしが熱を出したときは、ネギをたくさん入れたうどんを煮てくれて、ふーふーしながら食べさせてくれた。

仕事で落ち込むことがあったときは、蘭ちゃんはなんにも悪くないって、ひと晩中ずっと呪文のように唱えてくれた。包丁で指を切ったときは、わたし以上に青くなってオロオロして、大丈夫だよ大丈夫だからね、と一生懸命手当てしてくれた。

やさしい太陽。やさしすぎる太陽。わたしだけにやさしいんじゃない太陽。おばあちゃんが言ったとおり。

「お風呂ピッカピカに磨いておいたよ。シャンプー台の裏側とか、けっこうカビが出てた。毎日入ってても、なかなか気が付かないもんだよね」

太陽がうれしそうに風呂掃除の報告をする。

「髪が伸びたね」

前髪が目にかかってる。太陽が「そお?」と言って前髪をかき上げる。形のいい眉毛。さらっと落ちた前髪がそろって、子どもっぽく見えた。

「いい匂い」

太陽が鼻をくむくむさせて、早く食べたいなと言う。

ふいに涙が出そうになった。自分でも驚く。太陽がいないところで、さんざん泣いたじゃないか。もうそういうセンチな気分とは決別したはず。

「さあ、食べようっ」

テーブルをセッティングして、大きなグラスに牛乳をたっぷり注《そそ》ぐ。カレーのときは、牛乳と決まってる。わたしも太陽も同じ意見。はじめてそれを聞いたときは、すごくうれしかった。「いただきます」「ごちそうさま」で、手を合わせるのも一緒だった。右利きなのに、靴を左側から履くのも、朝食を食べる前に歯を磨くのも同じだった。そんなどれもが特別に思えた。わたしと太陽の「特別」だって思ってた。

「蘭ちゃん、すっごくおいしいよ。今日のは特に抜群《ばつぐん》！　ハンバーグも肉汁たっぷりだよ」

痩せているくせに、豪快に食べるところが好きだった。一回のスプーンですくう量がものすごく多くて、しかもよく嚙《か》まない。

「もっとゆっくり食べなよ。消化に悪いよ」

ついいつもの調子で言ってしまい、反省する。

「おかわりしよっと」

そう言って太陽が席を立つ。バーモントカレー甘口のルーに、カレーの王子さまのルーまで混ぜてあげた。鍋《なべ》にはまだたっぷり残っている。二日目のカレーのほうが甘みが増すから好き、と言う太陽はもう二日目のカレーを食べられない。

あ、でも明日から凜が来るから、ちょうどいい。食べ盛りの中学生にカレーを食べさせよう。と、そこまで考えて、凜が激辛好きだってことを思い出した。姉妹そろっての激辛愛好家。そう、わたしは辛いものが好きなのだ。口のなかから火が噴き出るくらいの、汗の玉が鼻の頭に乗るような、次の日のトイレが大変なくらいの、そんな激辛カレーが大好きなのだ。

「蘭ちゃん、おかわりは?」

無言で首をふる。最初、この甘口を食べたときは、「殺す気ですか?」と本気で思ったほどだったけれど、今ではふつうに食べられる(ソースとしょう油はかけるけど)。

太陽は結局カレーを大盛で三杯食べた。ハンバーグは二つ。

「さあー、お風呂入ろうっと。今日はキレイに洗ったから気持ちいいよ」

太陽がTシャツを脱ぎはじめる。

「蘭ちゃんもせっかくだから一緒に入ろうよ」

一瞬あ然としたあと、太陽をきつくにらむ。太陽は「ちぇーっ」とふくれっつらをして、風呂場へ向かった。

太陽の考えていることは、ぜんぜんわからない。一緒に暮らしてたって結局ちっともわからなかった。それなのに、太陽に「わたしのことを理解して」というのは間違っていたのかもしれない。

シングルサイズのベッド。二人だともちろん窮屈《きゅうくつ》だけど、その窮屈さをわたしは気に入っていた。明日からの隣の余白、どうしようかな。凜は一緒に寝てくれないだろうし、抱き枕でも買ってこようかな、なんて天井を見ながら考える。

太陽をちらっと見る。規則正しい寝息。もう寝ちゃったのかな。太陽の寝顔を見ていると、あまりにもいたいけで、悪くもないのにこっちが思わず謝りたくなってしまう。

「蘭ちゃん」

太陽がいきなりこっちを向いて、わたしの鼻先にチュッとした。そのまま唇までさがってきたから、ちょ、ちょっと、と太陽の胸を押した。

「どういうつもり?」

太陽はなにも言わない。いつでも涙がたっぷりとたまっているような瞳で、じっとわたしを見つめる。

「明日出ていくの、わかってるよね」

太陽の眉毛がかすかに動く。

「最後だからって、せっかくだからって、惜しい気がするわけ?」

ああ、こんなこと言いたくない、と頭のなかで思っていながらも、口からはすらすらと言葉が出てきた。

「そんなわけないじゃん、蘭ちゃん」

太陽の口から、小さなシャボンみたいなつぶやきがもれる。太陽の手が離れる。とたんにものすごい後悔が押し寄せてきて、今すぐにでも謝って、太陽の小さな頭を胸にかき抱《いだ》きたい衝動にかられる。

「ねえ、蘭ちゃん」

わたしの髪をそうっとなでて、太陽が言う。髪を一回なでられるごとに、かたくなっていた身体がほぐれていく。

「ピザって十回言ってみて」

「え? なにそれ急に」

「いいから、ピザって十回言ってみてよ」

太陽がやさしい顔で笑う。

「それって、膝《ひざ》と肘《ひじ》のやつでしょ？　知ってるわよ、なによいったい」
不機嫌な声を出すわたしに、太陽がいいからいいからと促す。わたしは大きく息を吐いてから、
「ピザピザピザピザピザピザピザピザピザピザ」と、ばかみたいに唱えた。
「はい、じゃあ次は『愛してた』って十回言って」
「愛してた愛してた愛してた愛してた愛してた愛してた愛してた愛してた愛してた愛してた」
指折り数えて「愛してた」と十回言ったわたしを、太陽がにっこりと笑って見ている。
「なによ、早くクイズ出してよ」
太陽が目を閉じる。蘭ちゃんも目を閉じて、と言われ、目をつぶる。
「愛してる
愛してる
愛してる
愛してる
愛してる
愛してる

愛してる
愛してる
愛してる
愛してる、蘭ちゃん。
ごめんね。今までありがとう」
太陽のはじめて聞くような落ちついた声に、強く閉じたまぶたのすき間から涙がにじんでこぼれた。ピザはいったいなんだったのよう、と言いながら、流れる涙を太陽の長い指がぬぐってくれる。
明日がこのまま来なければいいのに、そう思って、そんなことを思ってる自分が別れを決めたんじゃないかと思い、それでも明日がどうか来ないでくださいと、えっ、えっ、としゃくりあげながら、神様にお願いした。
太陽のやさしい指は、いつまでもわたしの頬をしずかになでていた。

オケタニくんの不覚

深夜のバイトを終え、七千八百円のママチャリで帰る。今の時期、朝六時の空はまだ暗い。アパートに着いて、自転車をかついだまま外階段で二階に上がる。毎度のことだけど息が切れる。

２０２と書いてある部屋の前に自転車を置く。下は自転車を置く場所がそもそもないし、これまですでに二度盗まれている。さして広くはない二階の通路に自転車を置くのは、他の住民には大きな迷惑だと思うけれど、いまだ苦情はない。苦情があったら、あきらめて下に置こうと思っている。

部屋の鍵を開けて電気を点《つ》け、同時にテレビも点ける。朝の情報番組の女子アナの、さわやかな笑顔を見てほっとする。おれが働いているあいだに、君も働いていてくれてありがとう、と毎朝お決まりのセリフを心のなかで唱える。

バイト先のコンビニで買ってきた、おにぎりとサンドイッチが入ったレジ袋をこたつの上に放り投げる。店長の方針で、廃棄《はいき》処分の弁当をもらえなくなってしまったのは、大きな痛手だ。とりあえず風呂場へ向かう。きれいな湯が張ってあるのを確認して、ガスを点ける。狭《せま》くてシャワーすら付いてないけれど意外と深いから身体が温まる。

冷蔵庫からボトルコーヒーを取り出して湯飲みに注ぎ、立て続けに二杯飲む。頭はすっきりするけど、胃がキンと冷えて身震いする。ストーブを点けようか迷い、どうせ風呂に入って寝るだけだからと思い直し、こたつの電源だけ入れてシーチキンおにぎりと鶏五目おにぎり、卵ハムサンドを一気に食べた。

コマーシャルになったところで、べつのチャンネルに替える。そこでも他局の女子アナが笑顔を見せていて、さっきと同じように安心した心持ちになる。水道水で口をゆすいで、そのついでに少し飲み、そのまま風呂場へと向かった。

温度を確かめて、桶《おけ》ですくったお湯を頭からかけて手早くシャンプーを済ませる。要所だけ石鹸《せっけん》で洗い、湯船に浸《つ》かる。風呂場の小さな窓に映る空がしらじらとしている。今日のはじまりと終わりだ、と思う。

風呂からあがると、こたつの布団から顔だけを出している人間がいて、思わずびくっと肩が持ち上がった。

「おかえりなさい。寒いですね」

そういえばこいつがいたんだった、と思い出す。二日前、突然うちにやって来た。

「おれ、寝るから」

それだけ告げて、ふすまを隔《へだ》てた隣の和室へ移動する。さっきまで、あいつが寝ていた布団。シーツがきちんと整えられていて、掛け布団も四つ折りに畳《たた》まれている。あいつなりに気を遣っているらしい。なんせ布団は一組しかないから、交代で寝るしかないのだ。

この寒さで、布団はすでに冷えきっている。さっきまで寝ていたあいつのぬくもりは一切合切《いっさいがっさい》消えている。そのほうがありがたいけど、ちょっと冷えすぎてるよなあとも思う。

「あ、寒かったらストーブ点けてもいいよ」

ふすまの向こうにいるあいつに声をかける。

「あっ、ハイ。でも、もう出るからいいです」

もごもごと返事が聞こえる。遠慮しているのだろうと思うけれど、七時半には家を出てバイトに行くらしいから、気にすることもないだろう。レンタルビデオ店でのバイト。自分も以前働いていた。そこで少しの間一緒に働いただけの奴が、まさかうちに転がり込んでくるとは思わなかった。

「おやすみ」

と声をかけると、はい、と申し訳なさそうな声が聞こえた。そのまま、すとんと眠りに落ちた。

突然のザーッという音に驚いて外を見ると、ものすごい勢いで雨が降っていた。自動ドアの向こうで、里穂《りほ》さんが途方に暮れている。事務所から客が置き忘れた傘を一本拝借《はいしゃく》して、里穂さんに手渡した。

「どうもありがとう、オケタニくん」

里穂さんにお礼を言われ、胸が熱くなる。

「きゃっ」

傘を広げた里穂さんが短い悲鳴を上げたと同時に、ぱっと傘を手放した。おれはなにが起こったのかわからずに傘を拾いあげると、なかには大きなウシガエルが入っていた。

「申し訳ないです！」

慌てて平謝りに謝り、他の傘を取りに行こうとすると、雨は突然止んで空は青空に変わった。里穂さんは、そのままなにも言わずに帰って行った。

時計を見ると、昼の一時二十五分だった。目覚ましが鳴る五分前に起きたらしい。目覚ましの設定を解除し、里穂さん、とつぶやいてみる。今寝たら、もう一度夢のなかに戻れるかなと期待して布団をかぶったけれど、やけに目が冴《さ》えてしまって再度眠りにつくのは無理だった。

甘いような酸《す》っぱいような余韻《よいん》が残っている。今日はじめて念願だった里穂さんの夢を見られたのだ。まだ生々しく、里穂さんの表情や髪の様子が脳裏《のうり》に焼きついている。うれしい。文句なしにうれしい。

けど、内容はイマイチだった。ダメ男丸出しだった。里穂さんはあきれただろうか。こちらを一度も振り返らずに帰って行ってしまった。まさか傘のなかにウシガエルがいたなんて。でも、里穂さんが登場した第一回目の記念すべき夢だ。それで良しとしようじゃないか。

布団を出ると冷気がひゅーっと襲《おそ》ってきた。つまみを押し回して、石油ストーブを点ける。ボッという音とともに、近づけていた顔がかっと熱くなる。

流しに顔を洗いにいって、あまりの水の冷たさに指先がしびれたようになったけれど、思い切ってばしゃばしゃと洗う。ヒエーッと声を出して、そのへんにあるタオルで顔を拭く。冬になると、温水器をつけたいと毎年（と言ってもここに越してきてからまだ三年だけど）思うけれど、それほど水仕事するわけじゃないしと考え改め、毎年見送っている。

見れば、流しがいつになくきれいに磨かれている。いつも洗いっぱなし置きっぱなしにしてある洗いかごのなかも片付けられていて、小さな食器棚にちんまりおさまっている。

ああ、あいつか、と思う。太陽とかいう名前の、自分よりも二つ年上の男。彼女に追い出されたと言って、コンビニで働いているおれを頼ってきた。

ビデオ店で一緒に働いていたときは、まさかおれより年上だなんて思わなかった。仕事歴だっておれのほうが長かったし、ずっと敬語で話しかけてくるし、外見もどう見ても高校生くらいにしか見えなかった。

ここに来て、「お前、いくつだっけ」と、先輩風を吹かせてちょっと説教でもしてやろうと思ってたずねたら、「二十五です」という答えが返ってきて一瞬かたまった。頭のなかでめまぐるしく、これまでの自分の横柄《おうへい》な態度を思い浮かべ、どうしたらいいんだ、と悩んだあげく、結局は居候《いそうろう》させてやるのはこのおれだ、というところに落ちついて、これまでのままの対応を続けることに決めた。深い意味はないけれど、なんとなく自分の年齢はまだ公表していない。

こたつに入って、しばしぼけっとする。当たり前だけど外は真昼で、最高に天気がよかった。里穂さんを思いながら、右手をパンツのなかに突っ込んでみる。カーテンのすき間から青空が見えた。そのきれいな冬の青空に咎《とが》められている気がして、そっと右手を抜き出す。

やかんを火にかけて、カップラーメンとインスタントコーヒーを作る。前に買ったバイク雑誌を見ながら、麺《めん》をすすりコーヒーを飲んだ。

その日の夜、バイト先でちょっとした事件が起こった。深夜一時。客は、よく見かける高校生の男の子が一人だけだった。黒のスウェットの上下に同じく黒のダウンジャケット。踏《ふ》み潰《つぶ》したスニーカーからは裸足《はだし》のかかとが見えていた。その子がいくつかのスナック菓子をカゴに入れ、飲み物の扉の前でどれにするか選んでいるときだった。

おれはそのとき、その男子高生を見るともなく見ながら、高校生のときってどんなんだったっけ？　と、自分の高校時代を思い起こそうと試みていたのだった。けれど、考えれば考えるほどまったく思い出せず、たった五年前のことなのにすごく遠い過去みたいで、少しだけショックを受けていた。

「すみません！」

ドアが慌しく開いて、一人の女性が飛び込んできた。おれが言葉を発する前に、「助けてください！」と、カウンターのなかにいきなり入ってきた。事務所で休んでいた、もう一人のバイトの長崎《ながさき》さんが驚いて出てきた。

「助けてください」

彼女の顔は蒼白《そうはく》で、それなのに、前髪がめくれた額《ひたい》には汗をかいていた。

「ストーカーかなんかっすか？」

長崎さんが軽い調子で声をかけると、女性は観念したように目をつぶってから、大きくうなずいた。おれはいそいで外に出てみた。それらしい人物は見当たらなかった。

その一部始終を見ていた男子高生がレジの前に立ち、興味深そうに、肩で息をしている女性をぶしつけに眺《なが》めた。おれはなんとなく、そいつの視線をさえぎるように身体を動かし、「見んなよ」オーラを漂《ただよ》わせた。男子高生はレジ袋をぶらぶらさせながら、つまらなそうに帰っていった。

長崎さんが女性を事務所に案内し、椅子に座らせた。

「なにか飲みますか？」

とたずねたら、女性ではなく長崎さんがうなずいたので、陳列棚から爽健美茶《そうけんびちゃ》を取り出して渡した。

「すみません」

と女性は、ペットボトルに口をつけ一気にごくごくと飲んだ。飲んだあとに、我に返った様子で、いくらですか？　と聞くので、バーコードを通して代金をもらうことにした。

「警察呼びますか」

長崎さんが言うと、女性はゆっくりと首を振った。

「本当にすみません。あの、実は、知っている人なんです。今日、職場で飲み会があって遅くなってしまって……。駅を出て少ししたら、急に角から出てきて……。警察には、もう言ってあるんです。すみません。ご迷惑おかけしました」

女性は二十代後半くらいに見えた。お茶を飲んで落ちついたせいか、顔色が少し戻ってきたみたいだった。念のために、それから三十分ほど休んでから、タクシーを呼んだ。

「家の前でストーカーが待ってる、なんてことないんですかね」

少し心配になって長崎さんに聞いてみたら、一人暮らしじゃなくて実家暮らしらしいから大丈夫なんじゃない？　との返事だった。いったいいつの間にそんな会話をしたのだろうと訝《いぶか》しく思い、ああ、さっきおれがおにぎりの検品をしているときだとわかって少々癪に障った。

ストーカーなんて終わってるよな、と思い、思ったそばから、里穂さんを尾行したい気持ちが少なからず湧《わ》いてきて、自分ながらにヤバイヤバイと頭を振る。

「たまにいるんだよね」

長崎さんが言う。ストーカーっていうか、変な男にあとをつけられたって言って、逃げ込んでくる人。

「もうずいぶん前だけどさ、七十は軽く過ぎてんだろうってばあさんが来て、『変質者に追われてる』って言い出してさ、大騒ぎになったことがあったのよ。警察に自分から電話しちゃってさ。こわいこわいって、ずっと泣いてんの。まいったよ」

へえ、としか言いようがなくて、へえ、とうなずいた。

「妄想的な人もなかにはいるんだよね。でも今日のは本物っぽかったけど」

長崎さんは、満足そうな、あるいは手柄を立てたと言いたげな顔で笑った。


翌日の午後八時に、昨日の女性が訪れた。そしてその女性と一緒にいたのは、なんと里穂さんだった。びっくりして、おれは鯉《こい》みたいに口をパクパクさせてしまった。

「ひさしぶりね、オケタニくん」

里穂さんに声をかけられて、なんと言おうかとぐるぐる考えているうちに、隣の女性に「昨日はお世話になりました」と、菓子折りを渡された。

「あっ、いや、そんな……、ちょっと待っててください」

倉庫にいる長崎さんを呼びに行った。長崎さんは「いえいえ」などと言いながら、たかがバイトごときとは思えない大人の対応をして、「では、遠慮なく頂きます。店長にも伝えておきます」と頭を下げた。ぜってえ店長には伝えないし、このお菓子だって一人で持って帰るんだろうな、と冷ややかにおれは長崎さんを見た。

それにしても、どうして里穂さんが？　と思い、里穂さんに目をやると、おれの疑問に答えるかのように「友達なのよ」と笑顔で言った。そして続けざまに、

「明日空いてる？　オケタニくん」

と問われ、頭が真っ白になりつつも、素直な口は間髪《かんはつ》いれずに「ハイ！」と動いた。

「お昼でも一緒にどうかな。ちょっと話したいこともあって」

頭のなかは真っ白のまんまだったけど、もちろんおれの素直な口からは「ハイッ！」と、立て続けに元気のいい返事が出た。


里穂さんとは、太陽とバイトをしていたレンタルビデオ店で知り合った。当時はまだ太陽はいなくて、おれはほとんど毎日、軽く十二時間はレジカウンターに立っていた（座ることもたまにはあったけど）。里穂さんは、その店の近所に住んでいたらしく、頻繁《ひんぱん》に店を訪れた。

おれはだいたい、客が借りるＤＶＤで、その人物像を勝手に想像するんだけれど、里穂さんが借りるものは、まったくもって一貫性《いっかんせい》がなかった。新作からクラシカルなものまで、Ｂ級のＳＦから名作まで、適当に（本当に適当に）、目についたものを借りるといった具合だった。

でもそのうちに、ほんの少しだけど傾向が見えてきた。「店員のオススメ！」とポップがついてあるものを順に借りていくようになったのだ。おれは狂喜した。だって、そのポップを書いたのは、なにを隠そう、このおれだったんだから。

そしてある日、ありったけの勇気をふりしぼって、声をかけてみた。

「それ、けっこういいですよ」と。

いきなり店員に声をかけられた里穂さんは驚いた顔をしていたけれど、すぐに笑顔で「そうですか」と答えてくれ、おれがすすめたＤＶＤを借りていった。その映画は『イングリッシュ・ペイシェント』。

里穂さんが店を出て行ったあと、後悔の大波が押し寄せてきた。恋愛ものは好みがはっきり分かれるし、おれが「けっこういい」って言ったところで、男のくせになんか甘すぎだと思われやしないかって。実際その頃、おれはまだ恋というものをしたことがなかった。

高校時代は見事なまでにモテなかったし、卒業してから出会った女の子たちは、自分には目もくれなかった。それに、女の子たちはみんなひどく子どもっぽく思えたし、誰もが切羽詰《せっぱつ》まってるように見えて、とても声をかけられるような雰囲気ではなかった。

おれは、余裕がある女の人がタイプだった。いつでもひと呼吸おいてから、ものごとに取りかかるような、どんなときでも冷静沈着な、それでいてひまわりみたいに明るくて、それでいて多少はエロくて……。

つまるところ正直に白状すれば、初恋の相手は里穂さんなのだ。そしてその初恋は、現在まで維持継続している。

「とてもよかったです。感動しました」

『イングリッシュ・ペイシェント』の感想を、そんなふうに言ってくれた里穂さんに、おれはおおいに感謝して喜んで、その場で土下座したくなったほどだ。

里穂さんに声をかけてからの二日間はほとんど眠れなくて、その間、自分でも借りた『イングリッシュ・ペイシェント』を再度観まくって、もっと他にかけるべき言葉があったのでは、と反省した。

それからの里穂さんは、人懐《ひとなつ》こい笑顔で、「これはどういう映画?」「これはおもしろい?」などと、おれに聞いてくれるようになった。ちょうどその頃に入ってきた太陽は、映画についてはトンチンカンで、

「僕って映画観ても、内容をすぐに忘れちゃうんですよね」

と、へらへらと笑っていただけだったから、ライバル視する必要もなかった。

が、幸せなときは長く続かない。里穂さんと口を利きはじめてから、およそ三ヶ月後、

そのレンタルビデオ店は、突如《とつじょ》閉店となってしまったのだ。

「立《た》ち退《の》き迫られちゃってさ。またべつの場所でやりたいけど、今んとこ目処《めど》立たないからさ。悪いけど。ねっ」

さほど気に留めてない様子で店長は言った。

里穂さんと会えなくなることは、おれにとっては最大の痛手だったけど、こっちが聞く前に、里穂さんはメアドを教えてくれた。あのときは、一生の運を使い果たしたような気分だった。家に帰ってから絶叫し、大ジャンプをしたところ、頭を鴨居《かもい》にめちゃくちゃ打ちつけたけど、星が出たわりに痛みは感じなかった。

おれのほうからメールを出すなんてことは到底できやしないけど、里穂さんのアドレスは最後の砦《とりで》だし、勇気の源だ。

閉店したレンタルビデオ店は、そのたった二ヶ月後、通りを挟んだ向かいの空き店舗で開業した。その間遊んでいた太陽は、またそこで働くことになった。おれも声をかけられたけど、なんていうのか、そうホイホイした真似《まね》はできないと思った。もうコンビニでのバイトははじめていたし、それになにより、里穂さんはこのコンビニにもちょくちょく買物に来てくれたから、レンタルビデオ店に未練はなかった。

七千八百円のママチャリで、待ち合わせの店に向かう。時間はたっぷりあるけど、なぜか立ちこぎでケツを振って急いでしまう。

「わかりやすくファミレスでいいよね？」

というメールに、里穂さんのやさしさを感じた。

土曜日、昼前の店内は比較的空いていた。

「オケタニくん」

里穂さんに手を振られて、破顔してテーブルにつく。

「ごめんなさい！　待ちましたか？」

十分前には着いたけど、里穂さんはすでに来ていたのだった。

「ううん。わたしが勝手に早く来てただけ」

そう言って里穂さんは笑った。二十六歳と聞いている。いつも笑顔で元気がよくて、そのくせタイトスカートがやけに似合うのだ。

少し早めの昼食をそれぞれに注文し、ひと息ついたところで「あのね」と、里穂さんが切り出した。

「昨日一緒にお邪魔した友達、佐知子《さちこ》っていうんだけどね、あの子につきまとってるストーカーっていうのが、その前にわたしにつきまとってた男なの」

「えーっ⁉」

と、自分でもびっくりする程の声が出た。幸いファミレスの雑音でそれほど目立たなかったけれど、向かいに座っているおじいさんが、うるさそうにこっちを見た。

「わたしが前に勤めていた会社の人なんだけどね。盗聴器仕掛けられたり、ポストに気味の悪いもの入れられたりして大変だったの。でもそのときは、当時付き合っていた恋人がいろいろと手を打ってくれて。結局、大事にいたらなかったんだけど……」

付き合っていた恋人、というくだりに、おれは軽いショックを受ける。でも、当時だから、と自分を励ます。と言って、今現在付き合っている人がいるかどうかを聞く勇気はない。

「で、佐知子も心配してくれて、恋人が不在のときは一緒にいてくれたりしたの。そうしたら……」

と、ここで里穂さんは大きなため息をついて、「このザマよ」と、お手上げポーズをした。

「警察には言ってあるし、佐知子の家は実家だから、まあ大丈夫だとは思うんだけど、なんだかすごい罪悪感で……。だけど佐知子がかけ込んだコンビニが、まさかオケタニくんがバイトしてるお店だったなんてね。運命感じちゃったわ」

里穂さんは、いたずらが見つかった子どものように笑った。「運命」という言葉に感銘《かんめい》を受けているおれに、

「だから、これからもよろしくお願いしますってことを伝えたかったの。あそこは佐知子の帰り道だし、万が一また同じようなことがあったら、助けてあげてほしいの」

そう里穂さんは続けた。

「もちろんです！」

思わず立ち上がったおれを、やっぱり向かいのおじいさんが眉根を寄せて見ていた。

里穂さんは、慣れた手つきで食後のコーヒーを口に運ぶ。なんだかわからないけど、ぞくぞくする。一つ一つの振る舞いがものすごく大人っぽくてエロくて、その少し伏せた長いまつげが落とす影とか、唇のわきにあるほくろとか、耳にかけた髪がさらりと落ちるタイミングとか、なんだかもう、大声で叫びたくなるくらい魅力的なのだ。ナプキンで口元を押さえる仕草とか、そのほそい指先とか、その先の形のいい爪とか。ああ、すぐにでも里穂さんが今、手に持っているコーヒーカップのふちになりたい。

「ん、どうかした？」

里穂さんが上目遣いにこちらを見る。

「な、なんでもないです」

すてきだなあと思って、と、心のなかでつぶやく。

おれも負けじと、少しでもかっこよくコーヒーを飲もうと思い口元に運んだところ、どういうわけか中身がだらーっと顎《あご》を伝い、胸元にこぼれた。

「あちっ、やべっ」

あせってカップを戻そうと思ったら、袖口《そでぐち》に引っかかってカップが倒れた。

「やべっ、すんません！」

さらにあせって立ち上がったところ、コーヒーがおれの股間《こかん》にたれまくる。

「あちっ、うわっ、やべっ」

たった一分もしないあいだに、自分の半径二十センチ周辺が修羅場《しゅらば》と化す。

「すみませんっ！」

ひどい惨状《さんじょう》のまま、里穂さんに頭を下げる。なにをやってんだ、おれは、となかば死にたくなりながら。

「あはは！　大丈夫？　オケタニくんって本当におもしろいわあ。あははは」

里穂さんは豪快に笑い、お手拭きを渡してくれた。おれは、すみません、すみません、と阿呆のように繰り返しながら、コーヒーのシミをとるべく股間をぬぐう。ああ、なんで今日に限って、ジーンズではなくベージュのカーゴパンツなんだよ。って、それは里穂さんに会うからであって、いつもの薄汚れたジーンズでは失礼かと思って、自分のワードローブのなかでいちばん小ぎれいなものを、と思ったらこれだったのだ。

「大事なところがシミになっちゃったわねえ」

おれの股間付近に目をやりながら、里穂さんが笑う。

ははは、と乾《かわ》いた笑い声を立てながら、おれは過去にも同じようなことがあったなあ、と思い出の扉を開ける。ちょっとでも気になる子の前だと、なぜだか大失敗をかましてしまうのだ。今日のような液体こぼし又は食材ぶちまけ、はたまた、なにもないところでの転倒、思わぬ場所での生理現象もろもろ……。ああ、そのたびに気になる彼女らは、しらけた顔で見て見ぬ振りをして去っていったっけ。

「オケタニくんっておもしろいから、女の子にもてるんじゃない？」

大人だ、とおれは感慨《かんがい》深く感じ入る。

それから新しいコーヒーをもらって、たわいない雑談をし解散となった。名残惜《なごりお》しかったけれど、そんな態度はおくびにも出さずに席を立った。

里穂さんに、自分が呼び出したんだからご馳走《ちそう》させてと懇願《こんがん》されたけど、そこだけは断固きっぱり首を振った。最後ぐらいかっこつけさせてほしいです、と正直に言ったら、里穂さんに「すてきね」と言われた。股間のコーヒーのシミがハート形に見えるほど舞い上がり、さっきの失敗も帳消しになるほどのうれしさだった。

バイトにはまだ時間があったので、いったん家に帰ることにした。そして、今日の里穂さんの話を反芻《はんすう》し、ストーカーなんてほんとにいるんだなと、感心というか実感した。めちゃくちゃに恋したりすると、なにがなんだかわかんなくなっちゃうんだろうな、と他人《ひと》事《ごと》ながらも、どこか同情的な気持ちにもなる。だって、おれだって里穂さんの日常生活を盗み見たい気持ちがまったくないわけではないから。

おれは里穂さんのことを、ほとんどなにも知らない。まあ、確かに気は強そうだと思う。自由奔放《じゆうほんぽう》なイメージもある。おおらか。人当たりがいい。タイトスカートが似合うわりに、さばさばとしていて男っぽい。そのくせエロい。

当時の恋人、と里穂さんは言っていたけど、今だって、もしかしたらいるかもしれないよなあ。いや、いるだろう。いるに決まってる。あ、いや、でも、もしかしたらいないかもしれない。

おれのことはどう思っているんだろう。ただの元ビデオ店の店員？　近所のコンビニの店員？　友達？　年下のボーイフレンド？　そう考えて、ボーイフレンドという言葉に自分で照れる。そんなわけない。

不毛なことをぐるぐると考えながら、ママチャリを二階へ運ぶ。部屋に入って、「あれ?」と、おれと同居人の声がそろう。

「なんでいるの? バイトは?」

と奴に聞いたのはおれで、それにかぶさるように、

「オケタニさん、てっきりバイトかと思って」

と、言ったのは居候の太陽だ。

「いや、おれはちょっと食事に行ってきただけだから。おま……そっちは?」

お前、と呼びそうになって、いやいやおれより一応年上なんだから、と思い直し「そっち」と言い換えた。その呼び方もどうかなと思いつつ。

「行ったら、店閉まってたんです。臨時休業って紙が貼ってあって」

そう言って太陽は屈託《くったく》なく笑った。臨時休業なんて、あの店長がやりそうなことだ。自分の都合で気まぐれに休みにするのは昔からの悪い癖《くせ》だ。

「あっ、寝ますか?」

太陽が気を回してこたつから出ようとする。いいよいいよ、と言って制す。

「オケタニさん、なんかいいことあったんですか。調子よさそうですね」

おれのためにコーヒーを用意している太陽が言う。こいつ、いったいいつまで居座る気かなと思いつつ、まあしょうがないか、と案外すとんと了承する。

「彼女ですか？」

と言いながら、かれこれ十年は使っているスヌーピーのマグカップを、太陽が自分の前に置いてくれる。瞬間湯気《ゆげ》が見えたけど、すぐに消えた。そういえば部屋が寒い。

「ストーブ、なんで点けないのよ」

そう言うと、太陽は、ああ、とかなんとか言いながら、曖昧《あいまい》に微笑《ほほえ》んだ。こいつなりに気を遣ってるんだなあと、まるでアイドル歌手のようなその風貌《ふうぼう》に見とれつつ思った。

「べつにストーブくらい点けたって、ぜんぜんかまわないからさ」

実家からくすねてきた年代物の石油ストーブ。ボッと盛大な音はするけど、点きが悪くて、結局マッチのお世話になっている。

「彼女じゃないんだ」

コーヒーをひと口飲んで、さりげなく答える。

「そうですか」

と、これまたアイドル歌手のブロマイドのような顔で微笑む太陽。

「里穂さん。知ってる？　ほら、よく前のビデオ店に来てくれてたお客さん。髪が長くて、ちょっとキレイめな感じの」

おれ、なんでこんなこと言ってんだろ、と思いつつ、べらべらとしゃべっていた。

「ああ、知ってますよ」

太陽がうなずく。自分で振っておきながら、なんでお前が知ってんだよ、とちょっとムカつく。

「今もよく来ますよ」

と言われ、少なからずダメージを受ける。

「オケタニくんがいなくなったら、おもしろい映画をすすめてくれる人がいなくなっちゃうわ。きっともう行かないと思う」

と、前に里穂さんが言っていたことを思い出す。その言葉を鵜呑《うの》みにしていたから、新しい店には行ってないと自分勝手に決め付けていたのだった。だけど、そんなわけないよなあ。あれだけ頻繁に来てたんだからなあ。おれは自分をなぐさめ、励ます。

「ここんとこ、毎日来てますよ」

太陽が言い、「あ、そうなの」と返す。

「里穂さんちって、あの店から近いんですよ」

「あ、ああ、そうだよね」

「『ヒラタニ』っていうクリーニング屋の裏のマンションですよ。そこの301号室」

「……くわしいね」

太陽はにこにこと笑っている。胸がざわつく。

「なんか今、プリザーなんとかフラワーとかいうのに凝《こ》ってるみたいで、部屋のなか、そういう花の飾りでいっぱいでした」

「……」

脈が速くなってきた。口のなかに唾《つば》がたまってきて飲み込みたいけれど、どういうわけかなかなかできない。こいつがいれたインスタントコーヒーを口に含み、天井を見上げて無理矢理流し込む。ゴクッと、異様にでかい音がした。

「お前、もしかして里穂さんの家のなかに入ったの？」

思わず「お前」と言ってしまったことがかすかに引っかかったけれど、もうそんなことどうでもよかった。

「うん、入りましたよ。里穂さんが誘ってくれたから」

当たり前のように言う太陽に、この先なんと質問したらいいのかわからなかった。三十秒くらい経ってから、

「で？」

と聞いた。

「で、里穂さんの部屋でなにするわけ？」

同居人は、「ああ、そうか」的な表情をしたあと、「誘われたんで」と悪びれる様子なく、再度言った。

誘われたんで？　いったいこれはどういうことだろう。なにを言っているんだろう。誘われたんで？

「えっと、それってどういうことかな」

おれはとぼけた口調で、目の前のアイドル顔に問いかけた。

「誘われたんで、断るのも悪いかと思って。あの人、とてもいい人ですよ」

白い歯を見せて太陽が笑う。ろくに歯も磨いてないくせに、なんで芸能人並みのまっしろな歯してんだよ。

「ええっと、もしかしてそれって、ヤッたってことなのかな。ええと、里穂さんと」

そんなこと察しろよ、と自分で自分に突っ込みながらも、とぼけた口調のまま聞くと、同居人は「やだなあ、もう」と笑った。

「せめて、寝たって言ってくださいよ」

あ、ああ、そうなの。そうなんだ、と、おれはどうにかこうにか口に出した。そして次の瞬間、おれはとんでもないことをこいつに聞いていた。

「で、どうなの？　いいの？」と。

同居人は「いいですよ。とても気の合うセフレです」と、しごく真面目な顔をして答えた。

おれは口のなかがカラッカラに渇《かわ》いて、コーヒーをいくら含もうがムダだった。

「……太陽くん、悪いけど明日出てってくんないかな」

なんでおれ、「太陽くん」なんて言っちゃってんだろ、と思いながら、死んだような声で口に出していた。

「あ、明日ですか？」

「うん。明日ね、明日。よろしくね。太陽くん」

死人の声のままそう言って、おれはこたつに寝転び、バイトの時間まで本物の死体のように眠った。


「オケタニくん、どっか調子悪いの？」

長崎さんに言われて、はあ、ちょっと寝不足で、と答えた。あれからこたつで二時間ばかし寝たんだけど、それがサイアクだった、というかサイコーだったのだ。おれは、二度目となる里穂さんの夢を見たのだった。

里穂さんはちっちゃな黒いレースの下着を着けて、目元には仮面舞踏会《かめんぶとうかい》みたいなヘンな、それでいていやらしい目隠しを着けていた。オケタニくん、とハートマークが飛び交うような甘い声で呼ばれた。

その声で目が覚めた。こんなときに、こんな夢を見るおれってどうなのよ？　と情けなく思いつつも、いや、これこそ男の性《さが》のあるべき姿だ、と無理やりこじつけた。

すでに同居人の姿はなかった。出て行け、なんて言ったものだから、次の寝床を探しているのかもしれない。

半分死んだように、ぼーっとレジに立っていたら、午後九時過ぎにまさかの里穂さんがやって来た。挙動不審《きょどうふしん》全開のおれはなにを思ったのか、軽く手などをあげてしまった。

「今日はどうもね」

と同じように手をあげながら返されて、ああ、昼飯を一緒に食ったのって今日のことだったんだ、とびっくりしたような気持ちになった。なんだかもう、ずっと遠い昔の出来事のような気がする。

「おれ、太陽と一緒に住んでるんですよ」

今日まで、とはあえて言わなかった。里穂さんは一瞬、ん？　という顔をしたあと、

「ああ、太陽くんかあ」と、ふつうに言った。里穂さんのかすかな表情を読み取ろうとしたけれど、その前に自分のほうから目をそらした。里穂さんは、今日発売のファッション

雑誌と、朝食用だと思われるサンドイッチを買って店をあとにした。

おれは今の自分の気持ちをよくよく検分した。里穂さんのことはまだ好きには違いない。でも、だけど！

失恋だ、と決着をつけた。往生際悪く、未練たらたらで。

セフレという言葉の存在自体、今日はじめて奴から聞いたのだった。その相手が、おれの初恋の里穂さんだ。里穂さんを否定する気は毛頭《もうとう》ない。セックスフレンド。そこに恋愛感情は存在しなくて、ただ運動のようにアレをするだけだ。

だけど、いかんせん。やるかたないけど。不如意《ふにょい》だけど……、

「失恋だ」

と、今度は声に出して言ってみる。おれと里穂さんとじゃ、ぜんぜん段階が違うじゃないか。おいそれとは追いつけないくらいの大きな溝《みぞ》だ。マリアナ海溝なみだ。

自分のふがいなさは重々承知の上で、「待っててください」とつぶやいてみる。でも、今回はとりあえず、失恋させていただきます。あまりにも遠いから。あまりにも違うから。

「失恋だ」ともう一度言ってみる。初恋の失恋だ、と。

レジ横に置いてある、温かい飲み物を選んでいる年配のおばさんが怪訝《けげん》そうな顔でこっ

ちを見る。

胸のあたりが、きしきしと痛かった。でも、おれは決着をつけたのだ。失恋。初恋の失恋。

長崎さんがレジに戻ってきたところで、さりげなく外に出た。空を見上げると、外灯にかすんだ星がいくつか見えた。深く息を吸い込んだら、胸のきしみは取れたけど、鼻の奥がつんとした。冬の空気は冷たすぎるから。

スーパーマリオ

佐知子は隣でぼけっとテレビを見ている男を、不思議な気持ちで見つめる。

池之端万理男《いけのはたまりお》。

マリオという名前をはじめて聞いたとき、佐知子はマリオネットを思い浮かべた。たいていの人は、スーパーマリオブラザーズをイメージするらしいけど、佐知子はゲームに疎《うと》かったし、そもそもかのマリオブラザーズに万理男はぜんぜん似ていない。

身長百七十四センチ、体重五十八キロ、どちらかというと色白。すっきりした目元。手を入れなくても整っている眉。先っちょがちょっと上を向いた形のいい鼻。口角が上がった、人相がよさそうな触り心地のいい唇。

「まりおちゃん」

佐知子が声をかけると、万理男は「なあに」と、とびきりの笑顔を向ける。そして、佐知子はまた不思議な気持ちになる。

「違うんです違うんです！」

恐怖に怯《おび》える佐知子に、万理男は両手を広げて、自分はなにも持ってない、安全だ、というジェスチャーをした。が、その動作がまるでこれから襲いかかろうとしているように見えて、佐知子は思わずそこにうずくまってしまった。

ストーカー男が、標的を佐知子に替えたと里穂から聞かされていたし、先日は夜に待ち伏せされて、コンビニに助けを求めに逃げ込んだばかりだった。

人通りの激しい繁華街《はんかがい》だった。通りゆく人たちが佐知子たちを見ていった。佐知子がすっかり尻餅《しりもち》をついたような格好《かっこう》になったとき、一人の男性が「大丈夫ですか」と声をかけてきた。佐知子はその男に引き上げられるようにして立ち上がった。膝がガクガクしていた。

「あなた、なんですか」

正義感の強いその人は、万理男に向かって断固とした口調で言った。万理男は気の毒なほど汗を流しながら、必死になって言い訳した。

今しがた偶然見かけて声をかけたこと。自分は決してストーカーではないこと。勘違いされていること。きちんと話をして謝りたいこと。

それから、持っていたトートバッグの中身を道端にぶちまけて、さらにはジーンズのポケット、上着のポケットをべろんと反対側にむき出し、危険なものはなにも持ってないというアピールをした。上着のポケットからは、十円玉とまるまったティッシュが出てきた。何人かの通行人が立ち止まって、おもしろそうに眺めていった。

助けてくれた男の人は、「警察に行きましょう」と言った。佐知子も、それがいいと思った。こうしていても埒《らち》があかないし、ただの通りすがりの人にいつまでも迷惑はかけられない。

万理男は、どうすべきか逡巡《しゅんじゅん》している様子だった。と思ったら、かばんの中身を即座に拾い集め、「すみません!」とだけ言い残して、猛スピードで去って行った。

「やっぱりな……」

正義の味方は、そうつぶやいた。その人は、芽《め》が出たじゃがいものような無骨《ぶこつ》な印象の人で、一歩間違えたらこちらのほうがストーカーっぽいな、などと佐知子は失礼千万なことを思い、慌ててその考えを払拭《ふっしょく》すべく頭を振った。

「どうもありがとうございました。本当に助かりました」

丁寧にお礼を言い、深々と頭を下げた。通りすがりの正義の味方は、いえいえ、と手を振り、本当に気を付けてくださいね、と笑顔でその場を去った。

佐知子はスカートを手で払い、大きく深呼吸をした。まだ少しだけ膝がガクガクしていた。

「さっちゃん、お腹空いたでしょう？　なんか作ろうか」

万理男が佐知子にたずねる。そういえばもう昼を回っている。二人そろって、冷蔵庫の中身を確認する。２ＤＫの清潔なマンション。

「なんにもないや」

「ほんと、なんにもないわね」

顔を見合わせてから、二人で破顔する。

「じゃあ、外で食べようか」

万理男の提案に、佐知子はうなずく。

二人で連れ立って近所の寿司屋に出向く。万理男は江戸前握《えどまえにぎ》りを注文し、佐知子は海鮮丼を頼んだ。家族連れと一組のカップル、年配の女性三人組。春先の、ありきたりな日曜の昼下がり。見慣れた幸福な光景だ。

「まりおちゃん」

「ん？」

「わたしのこと、いつから気になってたの？　いつから好きだったの？」

佐知子がたずねると、万理男は苦笑して、

「またその話?」と、眉を少し持ち上げておどけてみせた。

万理男はいつものように、ゆっくりと話し出す。

里穂と一時期付き合っていたこと。里穂と別れるとき、彼女にひどい仕打ちをされたこと。悔《くや》しくて頭に来て、ちょっとばかし脅《おど》かしてやろうと思って、ストーカーまがいの行為をしたこと。そのとき現れた、里穂の友人の佐知子のこと。佐知子の従順そうでいて、毅然《きぜん》とした態度に好感が持てたこと。そして、いつのまにか好きになっていたこと。

「それって、本当に本当の話なの?」

「何回も言わせないでよ。そりゃあ、まだぼくのこと、信用できないのかもしれないけど……」

万理男の沈んだ表情を見て、佐知子はとたんに申し訳ない気持ちになる。

「ぼくは本当に、さっちゃんのことが好きなんだ」

照れもなく、惜しげもなく、日の高い日曜日の寿司屋のカウンター席で万理男が言う。

里穂から聞いていた人物像からは想像できないほど、真摯《しんし》で穏やかな男だ。それは、佐知子が求めていた男性像でもある。

「里穂って美人だよね」

佐知子が何気なく言ってみると、万理男から「うん、そうだね」とすぐさま返事が返ってきた。裏表がない男なのだ、うそなんてつけない男なのだ。親友の言っていることを信じるか、隣にいる男を信じるか。自分できちんと見極めなきゃ、と佐知子は思うけれど、心のどこかでは、女友達より恋人を取るのは、昔からの定説だ、などと考えている不埒な自分もいる。

あの日は確か祝日で、佐知子はその日に封切られる、前からたのしみにしていた映画を観に出かけた。一人で出歩くときは充分に警戒していた。

「佐知子さんのことが好きになりました」

と書かれたメモが里穂の住まいのポストに投げ込まれてから、里穂へのストーカー行為は、ぱたりとおさまったと聞いていた。

「ごめんね、本当にごめんね」

親友は何度も謝った。

警察には言ってあるし、家族にも注意してもらっていた。あの日も、家を出ようとした佐知子を父親が心配して、大丈夫だと言うのに映画館まで車で送ってくれたのだった。

映画館で座席を決めるときも、佐知子は用心して、二人組同士の間の空席を選んだ。両隣ともきっとカップルだろうと思い、自分が割り込んだせいで、窮屈になって申し訳ないと思いながらも、安心して座れた。

　映画館を出てからショッピングモールを見て回った。雑貨店や洋品店をいくつかひやかしてから、遅めの昼食にイートインのデリに入った。混んでいたけれど、かろうじて座れそうだった。

　トレーを持って並んだが、なかなか前に進まない。前方を見てみると、年配の女性とその孫であろう小学二年生くらいの女の子がなにやら手間取っている様子だった。注文の仕方がよくわからないらしい。

　すぐ後ろに並んでいる若い男性は、あからさまに迷惑そうな顔をしている。誰か教えてあげればいいのに、店員はなにしてるんだろう。そう思いつつ、自分からは動くことはできなかった。きっと同じように感じている人は、たくさんいただろう。

　そこに男性が現れた。今しがた店に入ってきた客だ。男は「すみません、すみません」と後ろに並んでいる人たちに声をかけて頭を下げ、まごついている女性の背中にそっと手を添《そ》え、腰をかがめて孫娘に話しかけた。その店のシステムを、懇切丁寧《こんせつていねい》に教えてあげているのだった。

　ようやく列が進みはじめた。店の人かな、と思ったけれど、どうやら違うらしい。知り合いというわけでもなさそうだ。佐知子は、奇特な人がいるものだと感心した。こうしたい、と思っていても、なかなか実際の行動に移せないというのが人間だ。年配の女性は会計を済ませ、男に何度も頭を下げた。

そのとき、はじめて佐知子は男の顔を見た。ニット帽をまぶかにかぶっていたのでわからなかったが、その男は、佐知子が今この世でいちばん会いたくない男、件《くだん》のストーカー男だった。

まさかこんなところで会うなんて！　佐知子は顔をそむけて息をひそめた。どうかわたしに気がつきませんようにと、祈った。

男は店を出て行った。佐知子がほっとしたのもつかの間、男はすぐに店に戻ってきた。今度は、車椅子に座っているおばあさんと一緒だった。佐知子はわけがわからずに、ただぽかんとした。

そのまま知らん顔して、気付かれないように席に座った。なぜ、すぐに逃げなかったのかはわからない。相手は車椅子のおばあさんと一緒だったし、客も大勢いたから気が緩《ゆる》んでいたのかもしれない。

佐知子が店のいちばん奥に座ったこともあって、ストーカー男は佐知子の存在に気が付いていないようだった。まわりのことが目に入らないくらいに、かいがいしくおばあさんの介助をしていた。おばあさんにやさしく話しかけ、手を貸そうともしない店員と、車椅子対応になっていない店内に、四苦八苦している様子だった。佐知子はさりげなくずっと見ていた。見ないではいられなかった。

テーブルの位置に対して、車椅子の場所がうまく決まらずにもたついていたら、さっきの年配の女性と女の子が男に手を貸した。男は恐縮している様子だった。

佐知子は「助け合い」と心のなかでつぶやき、続けて「微笑ましい」と小さな声で言ってみた。

それからも、男はこまめにおばあさんの世話を焼いた。車椅子のおばあさんは、男にグラタンを口に運んでもらい、うれしそうな表情だった。

「まりおちゃんのおばあさんって、いくつ?」

佐知子がふいに聞くと、万理男はひょいと眉を上げ、「九十三」と答えた。

「九十三歳かあ。すごいねえ」

「五、六年前までは本当にものすごい元気でさ、一緒にディズニーランドに行ったりしてたんだよ」

佐知子はあのときの車椅子のおばあさんを思い出す。

「そんなにお元気だったんだ」

「うん。すごくハイカラな人だった。ジーンズばかりはいていたし、若い人たちが聴くような音楽も好きだった。髪はいつも染めてたし、食べる物も、煮物よりハンバーガーって感じだったよ」

万理男はおばあちゃん子だ。中学生になってもおばあちゃんと一緒に寝ていたらしい。それを里穂から聞かされたとき、「気持ち悪いでしょ」と即座に言われ、思わず同意してしまったことがある。今は気持ち悪いだなんて思わない。孝行孫息子だ、と思う。

「転んで大腿骨《だいたいこつ》を骨折してから、すっかり弱くなっちゃった」

万理男が哀しげに言う。

「大丈夫、すごくしっかりしてるし、それにとてもかわいらしい」

「ありがとう」

万理男はやさしく微笑んだ。


イートインのデリで、万理男は、こちらが恐縮してしまうくらいの細《こま》やかさと健気《けなげ》さで、献身的におばあさんの世話を焼いた。佐知子は見ていて、ほとんど悲しくなるほどだった。

放心したように万理男を見つめていたら、ふいに目が合った。佐知子は瞬時に正気に戻り、ひるんだ。万理男は、つぼみが一気に開いたような顔で佐知子に笑いかけ、それから慌てたように頭を下げた。つられて頭を下げてしまった佐知子は、そんな自分の行動にあきれた。

それからも佐知子は、万理男とおばあさんから目が離せなかった。なぜだかはわからない。佐知子が食事をとうに終え、残ったコーヒーもすっかり冷めた頃に、万理男は立ち上がった。

佐知子はほんの刹那《せつな》警戒したけれど、万理男は軽く佐知子に会釈《えしやく》しただけで、車椅子を丁寧に動かしてしずかに店を出て行った。なんだか拍子抜けして、そんなふうに感じるのはおかしい、と佐知子はそのとき思ったのだった。

「もちろん盗聴器もあったわよ。汚れた下着がポストに入っていたし、刃物で脅されたこともあった」

里穂はそう言って泣いた。あの、昔から気の強い、男勝りの、なんだって一人で解決してきた親友の里穂が、泣いて佐知子に訴えたのだ。ただごとではない、とそのとき佐知子は感じた。

「盗聴器はぼくじゃないよ」

と、万理男は言った。他の人じゃないかな、と。

「下着と刃物は、なんともいえないけど」

「なんともいえないって?」

佐知子は正直に聞いた。

「うーん、下着に関しては微妙かな。確かにタンスから抜いて、ポストに返しといたのはぼくだから」

あの下着はぼくが里穂にプレゼントしたものだったんだ。里穂が欲しいって言うから買ってあげたの。こう言っちゃなんだけど、フランス製のなんとかっていうブランドで、ものすごく高かったんだよ。別れたあと、悔しくなって思わず盗っちゃった。でもこんなの家にあったって仕方ないって思い直して、ポストに返しといたの。入れる前に、土足で踏みつけたから汚れてたはずだよ。

悪びれる様子もなく、万理男は言う。

「刃物で脅したっていうのも微妙だよ。だって先にペティナイフを持ち出してきたのは、里穂のほうだもの。里穂から別れを切り出されたときに嫌だって首を振ったら、『これであなたを刺してもいいなら、考え直してあげてもいいわよ』って言われたんだ。ちょっと迷ったけど、里穂は本気っぽかったし、刺されたら痛いだろうし、たまったもんじゃないなと思ってナイフを取り上げたの。それで、ちょっとしたもみ合いみたいになっちゃって」

そうなんだ、と言うしかなくて、佐知子は、そうなんだ、と口にした。

「あとをつけたのだって、三回くらいだよ。それに里穂は、そんなことくらいで怖がるような子じゃないよ。かえって喜ぶかなって思って、わざとつけたんだもの」

万理男がそんなふうに笑って言うから、佐知子も、そうか、などと納得してしまうのだった。

里穂はどちらかというと、特定の彼氏を持つというよりは、複数の人とおおらかに付き合うのが得意なほうだし、その恋愛の中身にしたって佐知子からしてみたら、かなり情熱的というか激情的というか扇情《せんじよう》的というか、とにかく力いっぱいぶつかっていくタイプだ。

よくもまあ同時期に、それだけのエネルギーを出し切って、複数の殿方に入りこめるものだと、いつも佐知子は感心している。決して悪い意味ではなく。

佐知子の母親の勤め先である介護施設に、万理男のおばあさんが入所しているのを知ったのは、デリで万理男の姿を見てからすぐのことだった。

佐知子には弟が一人いて、大学を卒業してからの二年間、定職につかず、いわゆるフリーターというのをやっている。その日、母親と佐知子が朝食を食べているときに帰宅した弟は、ただいまも言わずに二人の前を通り過ぎ二階の自室へあがっていった。母親は大きなため息をついて頭を抱えた。それからまるで怒ったような口調で、他人様のよくできた孫息子のことを話しはじめたのだ。

「わたしが働いている施設に、池之端さんっていうおばあちゃんがいるんだけどね、そのお孫さんがとってもいい子なのよ。あ、いい子って言ったって、年はもうあんたくらいなんだけどね。その子、会社が休みのたびに顔を見せるのよ。着替えを持ってきたり、おばあちゃんの髪の毛をとかしてあげたり、トイレまでやってあげちゃうのよ。たまに、散歩や外食に連れていってあげたりね。

ねえ、男の子よ。ちょっとすごくない？　わたし、いっつも感心してるのよ。だってお孫さんよ。おばあちゃんの介護のために、せっかくのお休みを使うなんて簡単にできることじゃないわよ。ほんとに感心しちゃうわ。まったく、うちのアホ息子に爪の垢《あか》でも煎《せん》じて飲ませてやりたい。ああ、うちは将来どうなるんだろうね」

佐知子は弟の将来よりも、池之端という苗字が気になっていた。そうめったにある苗字ではない。

「その人の名前なんていうのか知ってる？　下の名前」

「確か、まりおとか言ったっけ。かわいい名前だなあって思ったのよ。やっぱり名は体を表すのかしらねえ。やだ、なあに、もしかして佐知子の知り合いかなんか？」

ストーカー男のことは家族にすでに話してある。父親が心配して、家に防犯カメラを設置し、人が近くを通ったら感知して灯りがつくセンサーもつけた。

まさかその男が、休みのたびにおばあちゃんを介護する、心やさしい孫であるとは思いもよらないだろう。

佐知子は母親にそのことを黙っていた。なんとなく言いたくなかったのだ。幸いストーカー男の名前は家族には言っていなかった。今こうして、そのストーカー兼心やさしい孫息子と付き合うようになって、佐知子は、親に名前を伝えていなかったことは本当にラッキーだったとつくづく思うのだった。

佐知子が次に万理男を見かけたのは、職場の最寄り駅だった。エレベーターのない私鉄の駅で、万理男は駅員さん二人と一緒に、足の不自由な青年が乗っている電動車椅子を必死の形相《ぎょうそう》で持ち上げて階段を上っていた。

「よかった。あなたが手伝ってくれなかったら、とても無理でしたよ」

車椅子の青年は快活にそう言い、駅員さんも帽子を取って万理男に頭を下げた。佐知子はその一部始終を眺めてから、万理男に気付かれないよう十分な距離をとり、電車を一本見送った。

ストーカー男が住んでいるマンションが佐知子の職場から近い、ということは里穂から聞いて知っていた。だから、この駅で会うのは仕方ないことなのかもしれない。

それにしても、と佐知子は思った。できすぎてやしないか？　と。

ストーカー男が、一般的に善しとされる行いをする場面にこうもばったりと出くわす？けれどやはりどう考えても、これらのことは偶然だし、作為的にできることではなかった。ほんの数分ずれていたら会わなかっただろうし、佐知子の母親によると、おばあさんを見舞っているのは、もう三年以上前かららしい。

佐知子の気持ちは揺らいでいた。このときあたりから、実はいい人なのかもしれない、と思いはじめていた。里穂から「本当にヤバい奴だから気を付けてよ」と、何度言われても、前ほどには怖いと感じなくなっていた。

佐知子の勤める職場に電話がかかってきたのは、駅で万理男を見かけてから一週間後のことだった。

「外線電話が入ってます。池之端さんという方からです」

受付からの内線電話を取った佐知子は、もちろん驚いた。ストーカー男からの電話がかかってくる可能性もあると里穂から聞いていたから。

けれど佐知子が驚いたのは、自分がそれほど嫌じゃない、ということについてだった。待っていた、とは言わないまでも、電話がかかってきてもいい、と感じていたことは事実だ。

「わたくし、池之端万理男と申します。ひと月ほど前に、祖母と一緒のおりにお会いしました。覚えておられますでしょうか」

デリでのことを言っているらしい。佐知子がなにもしゃべらないでいると、

「里穂さんの元ストーカー男、と言えばわかるでしょうか」

と、自らの正体を慇懃《いんぎん》な口調で露呈《ろてい》した。不覚にも佐知子は思わず笑ってしまった。笑ったら最後、とわかっていたのに、笑ってしまったのだった。

「なぜ、この電話番号を?」

佐知子が聞くと、万理男は三秒ほど間を空けて、

「……調べさせてもらいました」

と、消え入りそうな声で答えた。それから、「すみません!」と、佐知子が受話器の耳

元を思わず押さえたくなるくらいの大声で謝った。その一連の話し方は、決して悪いものではなかった。ごまかしたりしない正直な人だ、と佐知子は感じた。

その日の帰り、佐知子は万理男との待ち合わせを了解した。不思議と怖くはなかった。当然の流れのように感じていた。

「本当はこれまでのお詫《わ》びのしるしに、花束かなにかを持ってこようかと考えたのですが、さらに気味悪がられるかもしれないと思いまして」

万理男は会うなりそう言って、深々と頭を下げた。佐知子はまた笑ってしまった。不覚にも、という言葉はあてはまらない。確信的に、というほうが近かった。

じゃがいも似の正義の味方が現れて、佐知子を助けてくれた日から、まだふた月も経っていなかった。

お食事にお誘いしたいのですがよろしいでしょうか、という万理男の言葉に、佐知子は考える間もなくうなずいていた。

清潔なイタリアンレストランで、万理男はこれまでのいきさつを話した上で、佐知子に不快な思いをさせてしまったことを丁重に謝った。以前、佐知子がコンビニにかけ込んで助けを求めたときも、自分は決して待ち伏せしていたわけではなく、帰宅途中、本当に偶然に佐知子を見かけたのだとしずかに主張した。

そうなのかもしれない、と佐知子は思った。あのときは時間も遅かったし、恐怖感だけが先走って、まわりの状況を冷静に見ることができなかった。

じゃがいも似の正義の味方が現れた日も、もちろん偶然だったと万理男は言い、狭い町とは言え、佐知子を見つけたときは、自分はなんてラッキーな人間なんだ、と思ったそうだ。

佐知子はあのとき、なぜ逃げたのかを単刀直入に聞いてみた。

「警察に行くのだけは避けたかったんです。里穂の件で懲《こ》りてましたから」

万理男はそう言った。佐知子はまた笑いそうになったけれど、それよりも、万理男の口からするりと出た「里穂」という、いまだ親しい呼び方にちょっとしたひっかかりを覚えた。それは突き詰めればジェラシーに近いもので、そんな自分の気持ちに佐知子はひどくうろたえた。

万理男は好青年だった。食べ方もきれいだったし話し方にも好感が持てた。デザートを食べる頃には、この男がストーカーだとは到底信じられない気持ちになっていた。親友の勘違いだったのではないかとさえ思った。

「佐知子さんはお付き合いされている方がいるのですか」

万理男がまっすぐに佐知子の目を見て聞いた。いません、と佐知子は、いくぶん堂々と答えた。

「さっちゃん、おいしそうだね」

万理男の声に、佐知子は我に返る。目の前には海鮮丼が置かれている。

「あ、ああ、本当においしそうね。まりおちゃんの江戸前もおいしそう」

うん、と万理男がうれしそうな顔をする。いただきます、と小さな声で言ってから、しっかり手を合わせる。佐知子は、万理男のそういう仕草を好ましいと感じる。

食事の前と後のきちんとしたあいさつ、靴を脱いだあと揃えたり、畳のへりを避けて歩いたりするところ。使ったあとの洗面台をきれいに拭くところや、脱いだコートを玄関先で軽くはたくところ。育ちのよさを感じさせてくれる、というのは、佐知子にとって、男を好きになる際の大きな尺度だ。

日曜の昼下がり。近所の小さなお寿司屋さん。佐知子と万理男は、仲むつまじいカップルに見えることだろう。そう見えることを、佐知子は誇《ほこ》らしく感じる。

寿司屋ののれんを手の甲で払い、外に出たところで万理男が大きく伸びをした。春の匂いとともに、万理男の香りがした。コロンや香水はつけていないと言うけれど、万理男はとてもいい香りがする。清潔な石鹼のような、いつだって洗い立ての衣類のような。

「桜は来週が見頃らしいね」

万理男が言う。佐知子はこの瞬間、幸せだなあと感じる。当たり前の幸せ。そういうものに佐知子は憧《あこが》れる。

マンションに戻る道すがら、思わぬ人に出会った。

うそみたい、と佐知子は思った。万理男だって思ったに違いない。まるでうそみたいな偶然だけど、里穂にばったりと出くわしたのだった。佐知子はいそいで、絡《から》めていた指先をほどいた。

里穂は絶句していた。口に両手を当てて、叫びそうになるのをこらえているようにも見えた。佐知子は狼狽《ろうばい》した。狼狽したついでに微笑んでみせた。

「いろいろあって……」

里穂の鋭い瞳に射られるように見つめられ、佐知子はかろうじてそう言った。万理男が佐知子の背をやさしく押した。里穂の鋭いまなざしが、いっそう強くなったように感じられた。

「電話するね」

振り向きながら、佐知子は親友に伝えた。眉をひそめた里穂を目の端に入れながら、すばやくこっそりと万理男の手を握った。握ったら、思いもかけないような欲求がふいに沸き起こってきて、今ここで里穂の気配を背後に感じながら、かつて里穂に思いを寄せていた万理男と思いきり睦《むつ》み合いたいと強烈に思ったのだった。

その夜、佐知子は意を決して里穂に電話をし、ことの顚末《てんまつ》を洗いざらいしゃべった。里穂に対しては、隠し立てできないような雰囲気が昔からある。知り合った高校生のときからそれは変わらない。

「そうなんだ」

と、里穂はあっさりとした返事をよこした。怒られるだろう、あきれられるだろうと、おおよその覚悟を決めていたから力が抜けた。

「確かに、根はやさしい奴だよ。お年寄りや小さい子どもが大好きだし、困っている人を見るとほっとけないし」

里穂の言葉に、佐知子は、うんうん、と電話口でうなずいた。うなずきながらも、そんなことは自分がいちばん知っている、と反論したいような気持ちにもなった。

「佐知子がいいなら、いいんじゃないの」

里穂はそう言った。その投げ捨てるような言い方のなかに、かすかな嫉妬のようなものが含まれている気がした。

「でも、なんかあったらすぐに言って」

最後にそう言われて、佐知子は、ありがとう、と答えた。それから少し考えて「大丈夫だから」と明るい口調で付け足した。受話器越しの気配で、里穂が今どんな顔をしているのか想像できるようだった。

やっぱり女友達と恋人をてんびんにかけたら、恋人を取るという定説は正しいかもしれない。その女友達の元カレだったらなおさらだ。

高校一年で里穂と同じクラスになって以来、里穂は佐知子のいちばんの親友だった。顔立ちも性格も正反対の二人だったけれど、なぜか気が合った。

「佐知子の、凛としているところがかっこいい」

と里穂は言った。そんなことを人に言われたことがなかったから、その言葉は、いまだ佐知子の宝物となっている。里穂は自分の思いに忠実な人だった。勝手というのではなく、自由。わがままじゃなくて奔放。自分のなかのルールにのっとっての行動は、そうしたくてもできない佐知子にとっては憧れだった。言いかえれば、羨望《せんぼう》。

それなのに里穂ときたら、「佐知子みたいに強い人間になりたい」などと言うのだった。

自分のいったいどこが強いのか、佐知子には見当もつかなかったけれど、その言葉も佐知子にとっては宝物で、今でも心に強く残っている。

高三のとき、佐知子に好きな人ができた。同じクラスで、決して目立つタイプではなかったけれど、その人のひかえめで質のよい笑い声や、休み時間に文庫本を読む姿が好きだった。隣の席になったときにノートを見せてくれたこともあった。きちんとしたノートだった。評判のよい参考書みたいだった。

あるとき、その男子に里穂のことを聞かれた。

「仲いいよね」

その言い方は、まったくいつものその人らしくなくて、ああ、そういうことだったのか、と佐知子は合点した。

当時、里穂は社会人の彼と付き合っていたし、同級生に興味はないと言っていた。だから、あえてそのことを里穂には伝えなかった。べつに、伝えてほしいと頼まれたわけでもないし、本当に里穂のことが好きなのか確認したわけではなかったけれど、佐知子は小さな負い目を感じた。

同じようなことはそれからも何度かあった。里穂は異性からもてる女だった。男たちは、里穂にことごとく好意を抱いた。佐知子はそのたびに感嘆し、またときには思いがけない余波を受けたりした。

佐知子は、その後いくつかの恋を経験した。いつしか里穂には紹介しなくなった。どれも慎重な恋だった。相手が本当に自分のことを好きなのか、それを充分確認した上で付き合った。そういうやり方が自分には合っていると佐知子は思った。そのほうが自分自身強くいられるとも思った。相手の気に入らない点は見ないことにした。すべて完璧な人などいないのだから。

次の日曜日も佐知子は、万理男のマンションにいた。昨日から泊まっていた。夜の万理男だって、佐知子の想像通りだった。理想通りと言い換えてもいい。それはひどく穏やかで安らかで、危なげない。

おばあさんに会いに行くという万理男に、佐知子は付き合うことにした。万理男の姿を見て、不思議だなあと感じることはまだあったけれど、自分たちが「付き合っていること」に対しては、少しもやましい気持ちはなかった。

だからいっぱしの恋人のように、祖母のお見舞いに一緒についていく、という行為には、なんら抵抗はなかった。母親が知ったらさぞかし驚くだろうと思い、そのときの母の顔を想像すると、ビックリ箱を開けるような愉快な気分にもなった。

「なにか必要なものある？　支度《したく》手伝うよ」
佐知子が声をかけると、この前行ったときに持ち帰ったおばあちゃんの服があるとい
う。万理男の実家は施設から少し遠いこともあり、お見舞いは孫の万理男にほとんど任せ
きりとのことだった。おかあさんは最近、膝の調子が悪く、おとうさんは自治会長の仕事
が忙しいらしい。
「ばあちゃんも、僕が行くほうがうれしいんだ」
そう言って笑う万理男を、本当にできた孫息子だわ、と佐知子は感心して眺める。
「このかばんに洋服を詰めてくれるかな。下から二番目の引き出しに入ってるから」
洋服ダンスの上に置いてあるクリアボックスのなかには、佐知子の着替えが入ってい
る。下着とパジャマと靴下と部屋着。
佐知子は嬉々《きき》として、タンスの引き出しを開ける。洗濯されて、きれいに畳まれたおば
あちゃんの衣服類。その横に箱があったので開けてみると、それは椿油《つばきあぶら》だった。
「まりおちゃん。この椿油も持っていくの？」
うん、おねがーい、という声が洗面所のほうから聞こえる。
他にもなにか持っていくものがないかと、佐知子は他の引き出しを開けてみたが、特に
必要なものはなさそうだった。

「支度できた？」

万理男の晴れやかな顔に、佐知子は笑顔で応《こた》える。

天気のよい日曜。二人は手をつないで、おしゃべりをしながら歩く。満開の桜の木の枝が、塀《へい》を越えて道路に伸びている。少しだけ強い風が吹いて花びらが舞った。

「さっちゃん、ちょっと待って」

万理男が言って、立ち止まった佐知子の髪についた花びらを取ってくれる。

やさしい人。

佐知子は心から思う。それから、「たいした問題ではないのだ」と、強く心に言い聞かせる。

「帰りに公園に寄って、お花見でもしようか」

万理男の笑顔は、すべてを帳消しにしてくれる。佐知子は目を細めてうなずいた。

さっきタンスの引き出しを開けたとき、三番目の引き出しに風呂敷包みがあった。なんの気なしに結ばれた布をほどいてみると、中身は女物の下着だった。

たいしたことではない。佐知子はそう思う。もちろん、里穂には言わないつもりだし、万理男本人にだって問わないつもりだ。

手をつないでスキップするように歩きながら、佐知子は考える。あの下着は、いったい誰のものなのだろうかと。新品だったらいいのに、と佐知子は半ば祈るように思う。そうでないと、自分はやきもちを焼いてしまうから。あの色とりどりの下着たちに。

しゅうっ、とまた風が吹き、桜色の花びらがひらひらと散った。

妄想ソラニン

およそ一年半前のバレンタインデー、中学教師になったばかりの貫太《かんた》ははじめてチョコレートというものをもらった。計三つ。

二つは、受け持っている担任クラスの女子から。

「これあげるよ」

と、お調子者の二人から給食時間中にもらった。当然クラス中の生徒が見ていたわけで、他の女子たちからは、「うへえ」だの「趣味悪い」だの「ヤバい」などの野次《やじ》が騒がしく飛び交い、男子たちからは失笑のようなどよめきが低く起こった。

「ありがとう、ありがとう！　先生、とってもうれしいよ」

貫太は大げさに喜んでみせたけど、それはありのままの感情でもあった。人生初のチョコレートだ。義理でもなんでもうれしかった。

残りの一つは、下駄箱《げたばこ》に入っていた。不意打ちだった。あまりにも驚いて、条件反射的に蓋《ふた》を閉めてしまった。誰かに見られたらいけないような気がした。貫太は近くに誰もいないのを充分に確認してから、下駄箱の蓋を再度開けてみた。リボンがかかった小さな箱が入っていた。いそいでカバンにしまった。それから内履きを戻して、革靴を取り出した。そして思った。

きっと臭《くさ》かったに違いない、と。

貫太はちょっと凹《へこ》んだ。消臭剤でも撒《ま》いておくんだったと。

受け持ちの二人の子からもらったチョコは、デパートやスーパーで多く売っていそうなもので、ハートの形をしたものが数個箱に入っているものと、クマをかたどったものだった。

二人で書いたと思われる、簡単なメモが挟まれていた。

「ソラニンへ。

チョコあげるから社会科の成績あげてよね。ちなみにこれは義理チョコです」

中学一年生らしい字だ。マーカーで色とりどりに書いてある。銀紙の包みをとって、ハートチョコを口に入れた。特別うまいわけではない、ただの甘いだけのチョコレートだ。

ちなみに、ソラニンというのは貫太のニックネームだ。顔に残る、複数のニキビ跡がじゃがいものへこみに似ているらしい。そのへこみというのはじゃがいもの芽の部分で、じゃがいもの芽にはソラニンという毒がある。そこから、貫太のニックネームは生まれた。

毒の種類だと思わなければ、なかなか響きのいい呼び名だと貫太は思っている。

クマのチョコレートを手にとってみた。どこからかじるべきか一瞬迷うが、いさぎよく頭から食べた。こっちのほうがもっと甘かった。

下駄箱に入っていたものは、手作りチョコらしかった。きれいにラッピングされてはいたけれど、市販のものと手作りのものではやはり違いが出る。貫太はインターネットで「手作りチョコ」で検索をかけてみた。調べたところ、どうやらこれはトリュフチョコレートというものらしかった。

箱のなかには手紙もメモも入っていなかった。差出人の名前もなかった。実のところ、ちょっとびびったのは確かだ。じゃがいもの芽のソラニンはさておき、毒が入っていないとも限らない。貫太は最悪の事態を頭に描いた。

『中学校教師。バレンタインデーにもらった毒入りチョコレートで死亡！』

新聞の大きな見出しが頭に浮かんだ。貫太は一粒手に取る。二十三年間生きていて、はじめてもらったチョコレートだ。それを食べて、万が一死んでしまったとしても本望だ、そう思うことにした。

ほんの少しだけ前歯でかじってみる。ビターな感じがした。さほど甘さは感じない。やわらかな食感。大人の味だ。特に身体に変調はなかったから、続けて二つ食べた。かなりうまかった。

ホワイトデー。ハートとクマの生徒にはきちんとお礼をした。教師がもらった場合、お返しはしないのが通例らしいが、そういうわけにはいかないと、几帳面な貫太はマシュマロとキャンディの瓶詰めを内緒で渡した。二人の生徒はおおいに喜んでくれた。

下駄箱の彼女にも、きちんとお礼をしたかったけれど、それができないのが心残りだった。


貫太は子どもの頃から、まったくもてなかった。確かに見た目がいいとは決して言えない。というか、かなりダメなほうだ。色黒の四角ばったでかい顔に短く太い眉。細くて小さい目に、大きくてまん丸の団子っ鼻。

小学校高学年の頃から出来はじめた、額や頰のニキビには長年悩まされた（今も悩んでいる）。唯一、まあ人並みであろう唇は、鼻の下の人中《じんちゅう》の長さと歯並びの悪さで、人並みレベルに見てくれる人はまずいない。成人式を過ぎた頃から、頭頂部の毛髪が薄くなり、背の低い貫太は、目線が上にある人と話をする際は、頭頂部を見られないようにあごを突き出すものだから、肩こりがひどかった。

けれど、肝心《かんじん》な人柄については、かなりいいのではないかと自分では思っている。モットーにしているのは『弱きを助け、強きをくじく』である。いつなんどきでも、正義でありたいと、貫太は思っている。

なのに、もてない。

外見が多少悪くても、要は資質や性格が大事だ。なのになぜ?

小学生の頃は、学級委員に自ら立候補することもあったけれど、どういうわけか図書委員止まりだった。運動は得意ではなかったけれど、勉強は比較的できた。そこにもってきての正義漢である。まさに学級委員にぴったりなタイプなのに、なぜか選ばれたことはなかった。我ながら不思議だった。

中学では俗《ぞく》に言う反抗期らしきものが芽生《めば》え、貫太は孤高の狼を気取った。それに気付く者は誰一人としていなかったけれど、そんな自分に酔っていた。そういう時期だった。女子と話した記憶はない。

高校は男子校だった。男臭いなか、ロボット作りで有名な科学部に在籍し、ロボットそっちのけで、少女趣味と言われながらもトンボ玉作りに明け暮れた。小さなガラス玉は貫太の心を和《なご》ませてくれた。

希望の大学に入学し、貫太は恋をしようと決めた。実際、片思い的な恋はいくつもしたが、恋愛にはいたらなかった。貫太が好意を寄せた彼女たちは、はじめは冗談だと思って笑い、次に本気だと知って憤慨《ふんがい》し、最終的に貫太のあまりの熱心さに同情しつつも、ジェット機並みのスピードで離れていった。

貫太は大学三年のときにはじめて、自分の位置というものがおぼろげながらに見えてきた。

「かわいそうな人」

どうやら自分は、他者から見てそのような位置にあるらしかった。その事実に気づいたとき、自分の認識とあまりにもかけ離れていたため、なかなか納得はできなかったけれど、少し大人になった今では案外すんなり受け入れられる。言いかえれば「イタイ人」となる。

今年のバレンタインデー。チョコレートはもらえなかった。しかし、信じがたいことではあるけれど、貫太の下駄箱にチョコレートが入っていたのだ。手作りのトリュフチョコレート。二年連続である。ラッピングも前年と同じようだった。やはり手紙もメモも差出人の名前もなかった。

貫太は、チョコレートの贈り主に見当をつけた。

若村日菜《わかむらひな》。

男子生徒のマドンナ的存在。アイドル並みの小さな顔と、かわいすぎる笑顔。すらりと伸びた手足に、発達のよい胸元とくいっと持ち上がったヒップ。

貫太は一年のときに受け持った。お調子者の二人からチョコレートを手渡されたとき、若村はもの悲しそうな微笑をたたえていたではないか。直接手渡せるような、そんな図々しいタイプの子ではない。震える手で、下駄箱にそっと入れるのが精一杯だったのだろう。

女子中学生というのは、概して若い中学教師を好きになるものである。わかっている。先生は、若村の気持ちが痛いほどわかるぞ。

でも今はまだダメだ。条例にひっかかる。あとちょっとだけ待っててくれ。若村が十八歳になった暁《あかつき》には必ず。十八歳と二十八歳。なんら問題はないのだから。

バレンタインデーから早五ヶ月。あの日から、貫太の妄想はとどまるところを知らない。貫太の頭のなかでは、若村日菜はすでに妊娠八ヶ月に入っているところだ。もちろん、そこにいくまでには、めくるめくすばらしい過程が存在した。

教師と生徒のご法度《はっと》の恋。両親に反対されながらの結婚。二人きりのつましい生活。新婚旅行は奮発《ふんぱつ》して宮崎《みやざき》。

そんなおり、他の女子生徒から貫太への突然の愛の告白。新妻の大きな目からこぼれ落ちる美しい涙。愛してるのは君だけだ！　そう叫んで幼な妻の細い肩を抱く貫太。口元を押さえて洗面所へ向かう日菜。妊娠発覚。二人はあたたかな日々を取り戻す。なでたお腹を愛しげに見つめる二人……エトセトラエトセトラ。

貫太は少し緊張して、三年四組の教室に入る。貫太の担任クラスは三年一組だけど、社会科の授業は四組も受け持つ。

「うへえ、ソラニンかよー」

貫太が教室に入ったと同時に、素行の悪い男子生徒が大きな声で叫ぶ。ドッと笑い声。一気に和みムードだ。この顔も悪いばかりではない。

貫太は、さりげなく若村日菜を見る。うつむき気味で表情が読み取れない。

「はい、今日は日清《にっしん》、日露《にちろ》戦争について」

貫太は教科書を読み、板書をする。

「ええっと、今日は七月三日だから、７×３で21。よし、女子の21番。続きを読んで。えっと、女子の21番は、あっ！　ああ、ええっと、ええ!?　わ、わ、若村かな？　若村だな。そうだ、若村。若村、さん、百五十ページの日露戦争のと、ところ、読んでください……な」

貫太は、運命のイタズラにおそれおののいていた。まったくの出し抜けだった。いつも、なるべく若村には当てないように気をつけていたのだ。二人の関係に誰かが気づくとも限らない。なのに、なんの気なしにやってみた冗談みたいなかけ算で、見事若村を当ててしまうなんて。なんという運命のイタズラよ。

「なにあせってんの、ソラニン」

いちばん前に座っている女子生徒が言う。まわりの何人かが笑う。不覚。

若村がしずかに席を立つ。また少し背が伸びたみたいだ。

「日清戦争後、朝鮮では、三国干渉《さんごくかんしょう》の結果、改革を指導していた日本の権威は弱くなり、ロシアの勢力が強まった。いっぽう、清では、ヨーロッパの強国があらそって港湾都市を租借《そしゃく》し……」

声もいい。初夏の森で鳴く、瑠璃《るり》色の小鳥のようだ。伸びてきた髪を高いところで結んでいる。ポニーテールというやつだ。男たちが大好きなポニーテール。毛先がやわらかそうにくるんとしていて非常によい。きっといい匂いがするに違いない。

「……日露戦争は、日本の韓国支配を確保させ、中国・ロシアからも領土をうばった。その反面、隣国以外のアジア・北アフリカの人びとは、非白人国家がはじめて白人国家を破った事件として大いに注目し、勇気づけられた」

芸能事務所にスカウトされたという噂《うわさ》も聞いたことがある。このかわいさでは仕方ないことかもしれない。でも芸能界なんてだめだ。そんなわけのわからないところに、彼女をおめおめと差し出すわけにはいかない。

「……先生、どこまで読むんですか」

若村日菜の声に、貫太は我に返る。教室が少しざわめく。

「ソラニン、なにボケッとしちゃってんのさ。日菜に見とれてんじゃないよ」

いちばん前に座っているさっきの女子生徒に、ダメ押しされる。

「あ、ああ、ごめんごめん。はい、そこまででいいです。ありがとう若村さん、座ってください」

汗が吹き出してきてハンカチで拭《ぬぐ》う。まずいまずい。他の生徒に知られたらまずい。貫太は背筋を伸ばして、きびきびと授業を再開した。

妄想は昔から得意だった。得意というより貫太唯一の趣味であり、誰にも負けない自信がある。想像力を駆使《くし》して日々妄想に励む。

中二のときにはじめて、好きな歌手との出会いを妄想した。彼女が運転している車に、自分が轢《ひ》かれるというシチュエーションだ。

「大丈夫ですかっ⁉」

彼女が慌てて運転席から飛び降りてきて、貫太を抱きかかえる。オリコンで常に上位をキープしている彼女は、スキャンダル厳禁だった。救急車を呼ぼうとしている彼女を、貫太は制した。

「だ、大丈夫です。僕のことは……気にしないでください……」

貫太は、今にも消え入りそうな声で気丈《きじょう》に返事をする。

「で、でも……」

彼女は貫太を車に乗せ、そのまま自宅へと向かった。彼女のかかりつけ医を呼んで、内密に手当てをしてもらった。腕の骨が折れていた。しばらく彼女の家に住むことになった。貫太は遠い親戚の男の子として世話をされることになり、のちに彼女のマネージャーも務めることとなる。

プロローグはそんな感じだ。その続きを、貫太は毎日少しずつ妄想していった。あるときは、高熱の彼女の看病をする。あるときは、彼女の恋人との逢瀬《おうせ》をセッティングする。あるときは、田舎から上京してきた彼女のご両親をもてなす……。

そして最終的に、彼女は貫太の心の美しさに気づき、ひと回り以上の年の差をものともせずに晴れて恋人同士になり、日本中から祝福される。

という、大胆かつ素敵な妄想だった。この妄想は三ヶ月もった。たのしかった。

太陽の照りつけが厳しくなり、セミの声が響き、入道雲が気持ちよさそうに両手を広げる夏。

長い夏休み、公務員である中学教師が休めるわけはない。研修、事務処理、雑務整理、新学期の準備、職員会議、保護者会統率、部活の指導など、若手の貫太はとても忙しい。

貫太は男子バスケットボール部の顧問をしている。監督とコーチが別にいるので、直接の指導はしない。というか、できない。試合の引率やこまごまとした雑務が主な仕事で、いわゆるマネージャーのような存在だと自分で思っている。男子バスケ部は県内でも有数の強豪で、バスケ推薦で高校に入学する生徒も毎年数人いる。

蒸《む》し暑い体育館で、汗をさらさらと流している中学生たち。青春だ、と貫太は思う。貫太の受け持ちのクラスである一組の生徒は三人。そのうちの一人、伊藤淳也《いとうじゅんや》はエースで主将だ。三年生は休み前の総体で一応引退となっているが、来週に控えた全国大会に向けて、練習に参加している。全国大会で事実上の引退となる。

休憩時間にかいがいしく世話を焼く貫太は、昨夜作って、ひと晩冷蔵庫で寝かせた「レモンのはちみつ漬け」をふるまっている。こういう作業がけっこう好きなのだ。

夏休みということで、部員たちはそれぞれが持ってきたスポーツ飲料などを飲んではいるが、それでも貫太はエアーポットの冷たい麦茶を欠かさない。

「もしかして、ソラニンの彼女が作ってくれたわけ？」

レモンを口に入れた淳也に聞かれ、貫太は「出所はどこだっていいだろう」と余裕を見せて答えた。インターネットで仕入れた、けっこう高値のレモンとはちみつだ。なんてすばらしい顧問だろうと、貫太は自分に拍手を送りたくなる。

淳也はジャニーズにいてもおかしくないような顔立ちだ。身長もすでに百八十はあると思われる。淳也と立って話すとき、あまりのそっくり返りぶりに、貫太は身体中の骨や筋肉が悲鳴をあげるのを感じる。

「ソラニンも大変だよなあ。せっかくの夏休みなのにさ。男バスの練習に毎日付き合わなくてもいいんじゃないの？　コーチとか監督がうるさいの？」

誰がどう考えても、貫太がわざわざ部活動に顔を出す意味はなかった。座ることも許されないような雰囲気のなかで、ただ邪魔に突っ立って練習を眺めているだけである。

淳也は見た目もいいくせに、性格もいいのだった。こうした気遣いを見せてくれるのは、これまで受け持った生徒のなかでは淳也くらいなものだ。

自分に絶対の自信があるわりに、周囲からは認められない貫太は、昔から淳也のようなタイプの同性を観察、研究してきた。自分との違いはどのへんだろうと考えていた。

結果。ほとんど違いは見当たらなかった。唯一決定的なのは、見た目。貫太はこぶしを振り回したくなる。いったいぜんたいそんなことが許されるのだろうか。人を見た目で判断してはいけないと、幼い頃から教えられてきただろう、女性諸君よ。貫太は机の上に立って、メガホンで訴えたくなる。

「コーチも監督も、ほら、ちょっとさ、横暴《おうぼう》なところがあるじゃん？」

いたずらっぽい顔をして、淳也が貫太に耳打ちする。男でも、思わず胸がきゅんとなってしまうようなかわいい笑顔だ。

「そんなこと言ったらだめだぞ。監督は、お前たちに勝ってほしいからこそ厳しいんだ。コーチだってそうだ。お前たちを思ってのことだぞ」

貫太はそう言って、さっきの淳也のいたずらっぽい笑顔を真似てみた。口元がどうもうまくいかなくて、歯茎が前面に押し出た感が否《いな》めないし、目元についても、五木《いつき》ひろしのモノマネをするお笑い芸人のようになってしまい、ピクついた。

「顔面神経痛？」

淳也にまじめに聞かれて、ちょっとだけはずかしくなったけれど、

「顔の体操だ」

と言ってごまかした。家に帰ったら、淳也の笑顔を練習しようと決めた。

若村日菜に会えないのはかなりつらかった。若村はテニス部に所属しているが、夏休み前に引退している。若村が休み中に学校に来ることはないだろう。チャンスは登校日だ。チラ見できるかどうかは登校日にかかっている。

念願の登校日、貫太は誰よりも早く学校に着き、ひと通りの雑務をてきぱきとこなした。他の教師たちは、貫太に礼を言った。

「さあってと。やること全部やってしまったんで校門立ち行きます。田口《たぐち》先生、お忙しいようなら僕が代わりますよ」

貫太は、本日の校門立ちの当番の田口先生に笑顔を向ける。田口先生は、「じゃあ頼みます」と、喜んだ。炎天下、外に立ちたい教師はいない。

校門に立っていれば、間違いなく若村に会えるだろう、我ながらナイスアイデアだ、と貫太はほくそえむ。体育教師の沢木《さわき》先生と共に校門に立つ。沢木先生はトレードマークの木刀を手にしている。

「今朝のニュース見ましたか？　まったくひどいもんですな。中学教師、教え子にワイセツ行為ですよ。ったく、どんな世の中でしょうな。これだから教師の質を問われるんだ、ったく」

沢木先生が憤慨しているのは、今朝のニュースで流れた事件だ。中学教師が夏休みの部活動の最中に、教え子の中学二年生にワイセツ行為をしたらしい。

「ほんと、困った世の中ですよね」

貫太もおおいにうなずく。これだから中学教師の品位が落ちるのだ。そんな輩《やから》と一緒にされるなんて、たまったもんじゃない。こちとら、日々懸命に教師稼業をしているのだ！　なんであと四年待てなかったのか！　と首根っこを揺さぶってやりたくなる。

「おはよーございまーす」

生徒たちが登校してきた。沢木先生は生活指導の先生でもあるので、生徒たちの身なりに目を光らせている。学生ズボンのタック、スカートの丈、髪の色……。

「おらああ、前原《まえはら》あ！　なんだ、その頭はっ！　あとで職員室へ来い！　いいな！」

三年生の前原が、しまった、という顔をする。貫太のほうに助けを求めるような目線を送るので、軽く笑顔を作ってやった。髪が少し茶色くなっている。貫太の横を通るときに、小さな声で、

「このこのお、色気づいちゃってえ」

と前原の肩を叩いて、ものわかりのいい先生ぶりを発揮するも、逆に前原に憐《あわ》れむような視線を送られた。サービス精神のないやつだ、ちょっとくらい付き合ってくれてもいい

のに。

「竹内《たけうち》い！　なんだそのスカートの短さは！」

「大野《おおの》お！　お前、眉毛を細工したな！」

「柴田《しばた》あ！　そのシャツは指定のものじゃないだろうが！」

沢木先生が、すばらしい洞察《どうさつ》力で生徒にゲキを飛ばす。貫太は、まあまあ、というスタンスで、猛毒ソラニンの笑顔でやり過ごす。

そうこうしているうちに、お目当ての若村日菜の姿を発見！　来た来た来た！　間違いなく若村だ。

「おはようございます」

大人っぽくなっている。

「おはよう。変わりないか」

思わず、余計なことまで言ってしまったが、後ろから来る人波に飲まれるように、若村はそのまま行ってしまった。残念だ。残念だけど、まあいい。よしとしよう。元気そうだと確認できただけでも上出来だ。若村のほうだって、きっと照れていたに違いない。待っててくれよ、あとたったの三年ぽっちだ。

所用があり、電車に乗ったある日。貫太は不審な動きをしている男を発見した。車内は混んでいた。ぎゅうぎゅう詰めとはいわないまでも、隣の乗客とはかなり密着している。男は、若い女性の後ろにぴったりとくっついている。

すわっ、もしや痴漢か⁉

貫太は、すみませんと頭を下げながら、人ごみをかきわけ男のほうへ近づいていった。冷房は効いていても、もわっとした暑苦しさは拭いきれない。不審な男は異様な量の汗をかいていた。そのくせ汗を拭う様子も見せず、目をつぶって陶酔《とうすい》しきったような表情をしている。貫太は女性の顔をさりげなく見る。後ろ向きなのでイマイチわからないが、ときおり意を決したように横向きになる表情は硬くこわばり、悲痛そうだった。

痴漢に間違いない！

貫太は正義感の強い男である。卑劣《ひれつ》な行為は許せない。そろそろ次の停車駅が近い。貫太は男の右手をさぐってみた。案の定、男の手は女性のスカートのなかに忍び込んでいた。

やっぱりだ！　許せねえ！

停車駅のアナウンスが流れたあと、貫太は男の腕をがっしとつかんだ。男がビクッと肩をあげた。

ドアが開いたと同時に貫太は男を押し出し、女性にも声をかけて降りてもらった。

「大丈夫でしたか」

女性は呆然としている。

「今、車内で触られてましたよね」

女性は今にも泣き出しそうな顔でうなずく。男のほうは逃げるでもなく、文句を言うでもなく、今の状況がにわかには信じがたいような顔をしている。

「とりあえず駅員さんに知らせましょう」

貫太が、男を引っ張る。貫太はこう見えて、腕には自信がある。運動は得意ではなかったが、力だけは昔からあった。母親が開けられなかったジャムの瓶の蓋を、小学二年の貫太が開けたことはいまだに自慢である。

ずんぐりした体型のせいなのか、子どもの頃から「柔道でもやってるの？」とたびたび聞かれた。やっていなかった。でもあんまり聞かれるので、中学で柔道部に入った。市内ではかなりいい成績を残した。高校では科学部に入ってしまったが、近所の道場にはときおり顔を出していた。

今、勤めている中学校に柔道部がないのが残念だ。あれば、人気が八割増しだったと貫太は思っている。

「あ、あの、あなたが捕まえてくれたんですか」

女性が小さな声で貫太にたずねる。

「そうですよ。心配ないですよ」

「あ、あの、それで、こっちの人が痴漢ですか」

横でうなだれている男に、女性が顔を向ける。

「そうです。こいつがにっくき痴漢野郎です」

はあ、そうですか。女性は心なしか残念そうな顔をしている。なにかの間違いではなかろうか、という表情である。

痴漢をひっとらえて差し出した駅員室でも、貫太は同様の視線を送られた。複雑な表情の駅員さんたち。あろうことか、にっくき痴漢男は見目麗《みめうるわ》しかった。

貫太は少しだけ腹立たしくなる。見かけで人を判断しちゃいけないと、教育されてこなかったのかよ。ったく、冗談じゃないぞ。

「いやあ、こちらのお嬢さんの様子がなんだかおかしかったので、気になって近くにいってみたんですよ。そしたらこの男が痴漢してたんですわ。卑劣極まりないです！　断固として許せません！　かよわき乙女を手ごめにするなんぞ……」

駅員さんたちは、相変わらず不審かつ複雑な表情を浮かべている。

「あの、本当にこの人が助けてくれたんですか」

年配の駅員が、女性にたずねる。女性は、はあ、まあ、たぶんそうだと思います、などと首を傾げながら答えた。

「君がこの女性に痴漢行為をしたのかい」

続けて、見目麗しい痴漢野郎に問いかける。痴漢はおとなしく下を向いているだけである。

「どうも事実関係がはっきりしませんな」

それから、貫太は住所や職業を次々と聞かれた。なにやら誤解が生じているらしかった。確認のため、駅員が貫太の勤め先である中学校に電話を入れた。

「ああ、そうでしたか。これは大変失礼いたしました。勇敢《ゆうかん》な先生でいらっしゃるのですね。いやいや、どうにもこちらさまが物騒《ぶっそう》な外見をしておりましたもので……あ、いやいや、これは大変失礼いたしました」

駅員は電話口で、そのようなことを口にした。痴漢を捕まえた自分のほうが、あやうく本物の痴漢に間違われるところだった。貫太は口惜《くちお》しく思うも、そういうことには慣れっこなので、電話でとりなしてくれた教頭に感謝した。

「あの、本当にどうもありがとうございました。助かりました」

女性もようやく事実が把握できたらしく、貫太に深々と頭を下げた。

「当然のことをしたまでです！」

貫太は敬礼をして、礼を受けた。一瞬しらけたような雰囲気が駅員室をとりまいたが、女性がぷっと噴いたところで場が和んだ。貫太が駅員室を出るときは、なぜか拍手で送られた。

「がんばれよ」

「負けるなよ」

などと、かけ声をかけられ、貫太は恐縮した。

なにはともあれ。

善をなすのは気持ちのいいことだ。これからも、弱きを助け、強きをくじく精神でがんばるぞっ、と、貫太は自らにエールを送った。


「ソラニンせんせっ」

休み明け、若村日菜に声をかけられた。若村のほうから話しかけてくるなんて、これまでではじめてのことだった。貫太の鼓動《こどう》は速まった。いよいよ告白なのか。下駄箱のチョコレート、すごくおいしかったぞ。心のなかで練習する。

「先生、もしかして休み中に、痴漢を捕まえなかった?」

貫太は思わぬ質問に虚《きょ》を突《つ》かれるも、堂々とした態度でうなずいた。

「やっぱり! あれ、いとこのおねえちゃんだったの。中学の教師で、貫太って名前のじゃがいもみたいな人が捕まえてくれたっていうから、あたし、絶対ソラニンだと思ったんだよね」

貫太は、またさらに大人びた、言葉を換えれば色っぽくなった若村を、食い入るように見つめる。かわいい。かわいすぎる。

「ソラニン、たまにはいいことするじゃん。見直したよ。でもね、いとこのおねえちゃんってば、最初ソラニンのほうが痴漢かと思ったみたいよ。失礼しちゃうよね」

そう言って、若村はけらけらと笑った。下駄箱のチョコレートのことを今聞くのは場違いだよな。貫太はそう考え、

「いとこのおねえさんに、よろしく伝えといてな」

と、教師らしく威厳《いげん》に満ちた声で言うにとどめた。

伊藤淳也と若村日菜が付き合っているという噂を聞いたのは、秋もだいぶ深まった頃だった。そんなことがあるわけないと、貫太はまず自分の耳を疑った。少し考えてから、カ

モフラージュだと思い当たった。若村なりの必死の芝居なのだと。

男子バスケットボール部は、全国大会で見事ベスト8に入賞した。淳也の活躍が大きかった。貫太が担任の一組でも、淳也は人気者のナイスガイだ。

ある日の下校時、淳也と若村が二人で校庭を横切っていくのを見た。貫太はさりげなく二人の動向を見守った。校門を出たと同時に二人は手をつないだ。互いの指を絡めるという、ハレンチなつなぎ方だった。

貫太の心は揺さぶられた。なぜなら、お似合いすぎるからだった。このままでは演技のつもりが、いつ淳也のほうに心変わりするかわからない。そういう話は世の中に掃いて捨てるほどある。貫太にとって、不安な日々は続いた。

しばらくして、クラス内での進路相談があった。貫太は淳也に直接聞いてみることにした。

「四組の若村と付き合っているという噂を聞いたけど」

進路相談アンケートに視線を落としながら、何気ないふうを装って、明るい調子でたずねてみた。

「やだなあ、ソラニン。改まって聞かないでよ」

淳也が笑う。

「本当なのか」

「……うん。まあ、本当だよ」

「本気で付き合っているのか。本気でお互いに好きなのか」

貫太が勢い余ってたずねると、淳也はめずらしく頬を赤くした。

「うん、本気だよ。本気で好きだよ」

赤くなった頬を自らぱちぱちと叩いて、照れたように笑う淳也からは、後光がさすほどのオーラが感じられた。

「若村のほうも本気なのか」

「うん、まあね」

淳也がうなずく。

「やだなあ、ソラニン。なんでそんなこと真剣に聞くわけえ? はずかしいじゃんか」

そう言って身もだえする、わが教え子十五歳。貫太は少し混乱する。クールダウンするために軌道修正を試みる。本来の主旨は進路相談だ。

「おれ、バスケやりたいから」

淳也の希望はバスケで有名な私立高校だ。推薦で大丈夫だろう。貫太は、教師らしく的確なアドバイスをする。

肝心の進路についての話が終わったところで、貫太は先ほどの質問の続きをしようと考えていたのだが、淳也のほうから先に言われた。

「ソラニンだけに言うけど」

「ん？　なんだ」

貫太は期待する。若村の本命は誰なのかが、今ここで暴かれるのだ。

「おれ、日菜と高校が分かれるのがつらいんだ。あいつは地元の公立志望だから」

「……」

貫太は、「そうか、そうだよなあ」と、しかつめらしく相槌《あいづち》を打った。

「ほら、あいつ、かわいいからもてると思うんだ」

淳也が切なそうな顔で言うので、貫太は、

「そういうお前もモテるじゃないか。モテる二人、おおいにけっこうじゃないか」

などと、わけのわからない励ましをした。

「ありがと。ソラニン、また相談にのって」

そう言って、淳也は教室を出ていった。相談にのって、と言われたことに、貫太は多少舞い上がった。そんなこと生まれてこのかた言われたことがない。ありがとう淳也。

って、お礼を言っている場合ではない。今の話は本当なのか？　あの二人はマジで付き合っているのか？　ナイスガイの淳也はおれの恋敵なのか？

とりあえずバレンタインデーまで待とうと貫太は思った。バレンタイン当日は、空いている時間はすべて、下駄箱で張っていようと決めていた。そして若村と夢のバッティング。愛の告白。めでたしめでたしだ。

淳也と若村は、校内でも公認カップルになったらしく、休み時間中や下校時など、堂々と二人でいる姿が目撃された。淳也は引退したバスケ部にも顔を出してくれ、そこにも当然のように若村がついてきた。

「ソラニンはね、電車のなかで痴漢を捕まえたんだよ。すごいよね」

若村が、淳也の腕をとって言う。

「かっこいいじゃん、ソラニン」

淳也に肩を叩かれる。また背が伸びたみたいだ。おそるべき成長期。

二人のあまりの仲のよさに、貫太は真実を見失いそうになるけれど、まだ結論を出すには早すぎる。若村にとっての本命は自分で、気の毒だけど淳也はフェイクかもしれない。

悩み事があるせいか、最近では頭頂部がいちだんとさみしくなってきた。通販でさまざまなものを取り寄せているが、いまだ効果は見られない。それは、肌にしたって同じことで、ニキビに効く洗顔クリームや化粧水を何度ためしても、ソラニンはソラニンだった。しごく残念だけど、悲観しないのが貫太のいいところだ。

慌しい正月休みが終わり、新年がやってきた。三年生受け持ちの貫太はいろいろと忙しかった。受験ムードで、クラス内にも緊張が走っている。二月早々には願書を出さなければならない。まだ受験校が決まらない生徒も複数いた。

公立高校の入学試験日は、二月十四日。まさかのバレンタインデーである。若村日菜は公立高校受験組だ。当然のことだが、その日は学校に来ない。

貫太はいろいろな可能性を考える。十三日の前倒し、あるいは十五日の後ろ倒し作戦で、チョコレートを下駄箱に入れるかもしれない。もしくは十四日当日、試験が終わったその足で、ということも考えられる。

受験生だというのに、こんな自分のためにわざわざ登校させるのは、心から申し訳ないと貫太は思う。どうか無理しないでくれ、若村。そして、なによりも試験がんばってくれ。将来のおれたちのために。

二月十四日。

前倒し作戦の昨日、下駄箱にはなにも入っていなかった。自由登校となっているクラスには、私立推薦組ですでに志望校に合格している淳也が登校していた。

「家にいてもヒマだしさー」

そう言って、地理の教科書を眺めている。その一冊だけを持ってきたらしい。貫太の担当教科の社会科の教科書である。小さな気遣いが泣かせる。

貫太は思いきって、聞いてみることにした。

「今日は若村と会うのか」

速攻、うん、という自信に満ちた淳也の返事。

「試験の手ごたえも聞きたいし、それに今日はバレンタインデーだしね」

そんなふうに言う。左の唇の端を持ち上げるさまがかっこいい。

「日菜が、今年は入試だから手作りじゃなくてごめんね、だって。そんなこと気にしなくていいのにさ」

うんうん、と貫太は、ものわかりのいい教師らしくうなずく。

「去年もその前も、手作りチョコもらったんだ。あいつ、お菓子作りが得意なんだよ」

うんうん、うんうん。知ってるぞ。トリュフチョコってやつだろう。

「ええっと、その、なんだ。お前たちはいつから付き合ってるんだ？　三年の秋くらいからじゃないのか」

「ううん。一年のときから付き合ってる。ただみんなにバレたのが、こないだの秋くらいだったってわけ」

「……そうか」

いや、でもまだわからない。真実は、隠されていることのほうが多いのだ。

その日貫太は、時間があれば下駄箱をのぞくという行為を繰り返した。むろん、下駄箱は空だった。消臭剤はしつこいくらい撒いておいた。

『去年、おととしと、おいしいチョコレートをどうもありがとう。今年こそは、君が誰なのか知りたいです』

そう書いたメモを挟んでおいた。


生徒たちから、なにか連絡が入るかもしれないということで、二月十四日はかなり遅くまで学校に残っていた。私物の携帯メールアドレスや番号を生徒に教えていたが、一件のメールが来ただけだった。差出人は淳也。

——日菜からチョコもらったよん——

ご丁寧にチョコの写メまでついている。すぐさま削除した。

ぐずぐずと考えごとをしていたら、結局貫太がいちばん最後になってしまった。消灯して下駄箱に向かう。足先がしんしんと冷たい。やっぱり妄想だったのか、おれよ。現実と妄想の区別がときおりつかなくなる昨今だ。

アリの足ほどの、ほんのちっぽけな期待がないわけではなかった。貫太は意を決して、下駄箱の蓋に手をかけた。

「せーのっ！」

目をつぶって蓋を開ける。そして絶叫。

チョコレートだ！　去年おととしと、すっかり見慣れた箱が入っているではないか！

貫太は辺りを見渡してみる。もちろん誰もいない。いったい誰なんだ！　君はいったい誰なんだ！　いや、若村日菜という可能性も一パーセントほど残っている。貫太は、淳也にメールを入れた。

――若村の様子はどうだ。試験大丈夫だったか？　ずっと一緒にいるのか？――

あまりにもしらじらしかったが、確証が必要だ。淳也からはすぐに返信が来た。

――おれがT校まで迎えに行って、それからずっと一緒。今、日菜んちで夕飯ごちそうになってるよ。試験はうまくいったってさ――

一パーセントの可能性はこれで消えた。下駄箱のチョコレートは、若村からではなかったのだ。

貫太は箱を取り出して、その場で包装紙をはがす。中身はやっぱりトリュフチョコレートだ。手紙はなく差出人もわからない。下駄箱のなかをもう一度確認する。やはりなにも入っていない。

けれど、貫太の書いたメモはなくなっていた。

貫太はぽかんとしたまま、白いトリュフチョコレートを口に入れた。これまでの疲れが一気にふっ飛ぶようなおいしさだった。


翌日、若村日菜が貫太のもとにやって来た。

「早くしまって」

そう言って、小さな包みを差し出した。

「なんだ?」

「バレンタインの義理チョコ。いとこのおねえちゃんの痴漢も退治してくれたし、淳也もお世話になってるみたいだし。そういうもろもろのお礼」

若村がぺろっと舌を出す。惜しすぎるかわいさだ。淳也と別れたら、いつでもおれのところへ来い! 心のなかで、貫太はそう叫ぶ。

昨日のバレンタインデー、下駄箱にチョコレートを入れてくれたのは誰なのか、貫太はつい先ほどわかったばかりだった。

海老原《えびはら》たゆ子先生。四十一歳。独身。国語教諭。


海老原先生の、携帯電話のストラップに見覚えがあった。下駄箱にメモ書きと共に入れておいたトンボ玉だ。高校時代の科学部での、貫太の最高傑作だった。

今日、海老原先生とは、軽く挨拶を交わしただけだ。いつも通りだった。けれど、海老原先生の机の上にさりげなく置いてある携帯電話が、「気付いてくれオーラ」を放っていた。貫太が作ったトンボ玉の携帯ストラップが、きらきらと輝いていた。

かなり年上ではあるし、妄想のはるか範疇《はんちゅう》外ではあるけれど。

貫太は帰りがけ、海老原先生に声をかけてみようと思っている。二十五歳と四十一歳。なんら問題はないではないか。

1F ヒナドル

淳也が同じ学校の女の子とデキてるらしい、と聞いたのはつい昨日。もちろん、日菜はそんな噂をまるきり信じていなかった。淳也はバスケの特待生で県外の高校に進学して、今は寮生活を送っている。

「もしもし、淳也?」

と言ったところで、いきなり「ごめん!」と謝られた。

「なに、ごめんって?　なんかあった?」

電話の向こうで、息を殺したように押し黙る恋人。

「なになに、もしかして浮気でもしてるの?」

と聞いたところで我に返った。そうだ、そのことで電話したんだった。

「日菜、本当にごめん!　おれ、好きな子できた」

またあ、と言って笑うべきか、ふざけるな!　と怒るべきか、うそでしょ?　と泣くべきか。胸のなかでは、ぐるんぐるんといろんな感情がわき起こったけれど、なにひとつ言葉にはならなかった。

「……もしもし、大丈夫か、日菜？」

そんな何気ない言葉で、淳也は日菜より優位な立場に立った。気遣うふりして上から目線。

「すごく好きだったのに」

日菜はそう言おうと思った。マジでそうだったから。でも冷静に、今現在の自分の気持ちを見つめてみたら「好きな子ができた」と、ぬけぬけと言った電話口の男のことは、もう好きでもなんでもなかった。恋の魔法は、日菜が思っていたよりもたいそう簡単にとけたらしい。

「……ごめんな、日菜。本当にごめん」

携帯を耳に押し当て、胸を押さえながら深呼吸をする。一回、二回、三回。これは悲しみや怒りをおさえるためじゃなくて、本来の自分を取り戻すための深呼吸だ。

「……日菜？　大丈夫か。心配だよ、なんかしゃべってよ」

好きじゃなくなった元カレの声は、なんだか芝居じみて聞こえる。

「好きになったっていう子の写メ送って。そしたら別れてあげる」

日菜の口からは、自分でも驚くほど平坦な声が出た。

「そ、そんなのないよ」

「送ってくれないなら、淳也のあそこの写メ、一斉送信でいろんなところに送るから」

電話越しに息を呑む音が聞こえた。ばかな奴め。でも、それくらいは当然だ。

淳也は、日菜のはじめての男だ。でもまあ、それはべつにいい。そんなものは、なんの価値もないし未練もない。セックスは想像していたのと違ってぜんぜんロマンチックじゃなかったし、世間でいうほどいいものでもなかった。

ただ日菜にとって衝撃だったのは、そこについている男性性器だった。珍妙な地球外生物のようだった。日菜は、生命の神秘を探究する学習の一環として、地球外生物の写メを数枚撮らせていただいた。そのときは淳也も快諾してくれた。ラブラブのときは、なんだってオーケーなのだ。

「わ、わ、わかった。すぐ送る」

まさかこんな状況で、あのときの写メが使えるとは。今度から、付き合う男の局部写メは必須としよう。

電話を切ってから一分後、淳也が好きになったという女の子の写メが送られてきた。上目遣いのぶりぶり女だった。

「げっ！　ただのブスじゃん！　アイメイクやりすぎ！　性格も超悪そう！」

電話で聞いたところによると、もとは淳也のバスケファンだったらしい。告白されて、

淳也が断ると、

「付き合ってる彼女がいるのは知っています。それでもいいんです、二番目でいいんです、好きなんです！」

と言われたそうだ。いけしゃあしゃあと。ずうずうしい。

「ほんとにしつこかったんだ、おれ、何度も断ったんだ……。でもなんか、気づいたらいつのまにかそういうことになっちゃって……、おれがいないと死ぬって言うし……」

死ぬって。ちょっとあんた、そんなでたらめを簡単に信じちゃうわけ？

結局なかなか会えない彼女より、近くにいるお手軽なミーハー女がよかったってわけだ。

日菜は一途だった自分をあほらしく思った。日菜自身、高校に入ってから、ゆうに二十人を超える♂から告白されていた（♀も一人いた）。もちろん「付き合っている人がいますから」と、きっぱり断ってきた。

ちくしょー。新しい青春、とっとと見つけてやる。日菜はこぶしをきつく握りしめて、強く誓った。

日菜が淳也と別れたという噂はあっという間に広がったらしく、あくる日登校して一年

F組の教室のドアを開けたら、クラスメイトから盛大な拍手で迎えられた。

『若村日菜！　バスケの彼氏と破局！』

黒板に大きく書いてある。一年F組はノリがいい。男子も女子も冗談がわかる連中ばかりだ。みんなは日菜のことを「ヒナドル」と呼ぶ。日菜とアイドルと人形（ドール）をかけ合わせたものらしいが真相は知らない。

「ヒナドル！　軽く挨拶してよ」

そのような声がかかったので、日菜は教壇に進み出た。

「えー、わたくし若村日菜は、かねてからお付き合いのあった、中学生時代の同級生、伊藤淳也と、このたびめでたく別れることとなりました」

日菜が頭を下げると、口笛や指笛が鳴り響いた。

「別れた理由はなんですか⁉」

誰かが、記者会見風に筆箱マイクを向ける。

「彼の浮気及び心変わりです」

と言ったところで、「おおっ」とどよめき。

「新たな恋については、どう考えてますか？」

「新しい恋をさっそく見つけたいと思います。皆さん、ご協力どうぞよろしくお願いいいたします」

殊勝《しゅしょう》に頭を下げた日菜に、盛大な拍手と笑い声、それとかすかなブーイングが起こった。これは日菜に新しい彼氏を作らせたくないと思う輩《やから》からの意思表示だ。

そんな騒がしい雰囲気のなか、冷静にヒナドルを見つめているクラスメイトが一人いることに、この時点ではまだ誰も気付いていなかった。

一年F組の男どもは、日菜のことを「彼女」対象として見ていない。どちらかというと、おもちゃ的な、お笑い的な、マスコット的な、冗談的な、気分転換的な、なんていうのか、そのような位置付けとして考えている。

F組の男子たちは高校の入学式のとき、中学時代からその名を各校に知らしめていた若村日菜という、ある種都市伝説的な少女と同じクラスになったという現実に浮き足立った。若村日菜は、これまで見たことのないような人間だった。かわいすぎた。たとえて言うなら、鼻の穴のアップだけを見ても神々しいまでの清廉《せいれん》さだった。

男たちはただ見とれた。それは女子も同様で、うらやむとか、やきもちを焼くなどというレベルではなかった。手の届かないハリウッド女優でも見るかのように、口をぽかんとあけ、同じ生物であり、同じ年齢であり、同じ染色体を持つ日菜をぼうっと眺めた。

一方、日菜本人といえば、それほど出来すぎた容姿《ようし》にもかかわらず、自らの外見的な特徴については、ほとんど無頓着《むとんちゃく》だった。もちろん、みんなが自分のことを「かわいい」と思っているのは知っていた。小さい頃からいやになるくらい浴《あ》びせられてきた言葉だ。

日菜は、「かわいい」というのは、目や鼻や口のように、生まれながらに持っている当たり前の器官の一つだと感じていた。だから別段、自分が「かわいい」ということに関しては興味がなかった。当然あってしかるべきものという概念だけだった。「かわいい」は、自分を形成する一部だった。それ以上でもそれ以下でもない。

幼い頃は、そのかわいさゆえに危機的な状況に陥《おちい》ったことも少なからずあり、幼児性愛癖の大人にしつこくつきまとわれたこともあったし、誘拐まがいのこともされた。幼稚園から小学校低学年にかけては、「かわいい」ものを愛《め》でる感覚をまだ知らない同級生たちから、いじめを受けたこともあった。

日菜はそのような経験から学習した。この容姿には、あけっぴろげで正直で大雑把な性格がいちばん合っているということを。それに気付いてからは、日菜のざっくばらんな性質はますます助長されることとなった。

「ヒナドルはさ、そりゃあ、かわいいよ。めったにお目にかかれないほどのかわいさだよ。スタイルも抜群《ばつぐん》にいいしさ。あ、いや、決していやらしい意味じゃなくって。あはは。

おれたち男どもはさ、かわいい女の子が大好きに決まってるじゃん？　外見のかわいさっていうのは、彼女にしたい条件のなかで、飛びぬけてのダントツ一位だよ。

でもさ、現実問題どうなの？　そんなさ、ヒナドルみたいなアイドル顔負けの顔と、ナイスバディな女の子が実際自分の彼女だったら？　やっぱりそこまではいいです、遠慮しておきます、ちょっと無理です、みたいな？　まあ、淳也みたいな出来すぎた男なら問題ないけどさ。そんな男めったにいないじゃん？　わかる？　おれの言っている意味？」

そんなことを言うのは、同じF組で中学時代の同級生でもあり、淳也とも仲のよかった鉢《はち》ノ木《き》こと、ハチだ。

「ハチ。あんた、淳也にオンナができたってこと、なんであたしに黙ってたわけ？　とっくに知ってたんでしょ！」

日菜がつっかかると、ハチはとたんにおろおろし、挙動不審な動きになった。

仁王立ちの日菜に、ハチは、

「……淳也に口止めされてたんだ」

と、申し訳なさそうに言った。

「ハチは、淳也の新しいオンナに会ったことあるの？　どんな子よ？」

「ヒナドルのほうがかわいいよ、当たり前だろ」

ハチが消え入りそうな声でつぶやく。

「でもさ……」

「でも、なに？」

「美人は三日で飽きるって……。かわいいだけで、中身はからっぽだって」

「は？　はあ？　それ誰が言ったの？　そのオンナが言ったの？　それとも淳也？」

日菜がハチの首元をねじり上げると、ハチはあっさりと「二人とも」と答えた。

がくっと力が抜けた。美人は三日で飽きる……中身はからっぽ……。日菜は少々うなだれる。自分では「中身はからっぽ」とは思わないけど、勉強だって下の下じゃなくて中の中の下くらいだけど、「美人は三日で飽きる」というのは本当かもしれないと。だって自分がこの顔にすでに飽きている。面白味もなんともない顔だ。今、目の前で、瞳をうるうるさせているハチのあばた面《づら》のほうが、自分よりも数段チャーミングだと思ったりする。

「ごめんよ、ヒナドルぅ。おれ、止めたんだけどさあ……」

今にも泣き出しそうなハチに、日菜は「ばーか」とだけ言って、許してあげた。憎めない奴なのだ。

そんなハチは同じF組の花森《はなもり》こと、ハナと付き合っている。ハチハナコンビだ。ハナは現在クラス委員を務めている。頭がよくて気立てのよい女の子だ。
　高校入学後まもなく、ハナとハチが「ヒナドルファンクラブ」というものを作った。一年F組の四十人は、強制的に会員となっている。
　ファンクラブ会員の掟《おきて》、三か条は以下の通り。
その一、ヒナドルを守り、敬《うやま》い、崇《あが》めること
その二、ヒナドルに関する情報の共有に努めること
その三、ヒナドルとの個人的恋愛はご法度《はっと》のこと
　年会費は三百円ということで、なぜか日菜本人も支払った記憶がある。ファンクラブ通信は月一度の刊行で、主にハナが中心となって、出席番号順の持ち回りで作成する。B5サイズの簡単なものだ。「ヒナドルからの格言」というコーナーがあるので、日菜は毎月ファンクラブ通信作成に参加している。
　実際、紙代とコピー代くらいしかかからないので、年会費で充分まかなえると思うのだけれど、ハナはときおり「赤字だ」などと言って、プリントアウトした日菜の写真や勝手に拝借した日菜の鉛筆や消しゴムを、高額で希望者に売りつけたりしている。ちなみにF組以外の会員は、年会費を五百円としている。その内訳は、一年生二十六人、二年生十二

人、三年生九人だ。

ヒナドル通信七月号の見出しは、

『ヒナドル、ついにフリーに！』

そこには、日菜が知ることもないような淳也と尻軽女との出会いから、今に至るまでの熱愛の経緯&現状らしきものまで書いてあった。淳也にいたっては、実名の写真入りだった。恐るべき情報網。

『美人は三日で飽きる!? いやいやそんなことは断じてない！ ヒナドルは女神だ！』

などという、ちょっとひっかかる見出しも躍《おど》っている。

日菜の今月の格言は、

『付き合う男の陰部写メは必須なり』

というもので、これは大きな波紋を呼んだけれど、日菜が真相を黙っていたので、結局はジョークとして葬《ほうむ》られた。

『ヒナドル通信特別版』というのが出回ったのは、七月号が出てから五日しか経ってない頃だった。

「なにこれ」

机の上に置いてあったそれを読んで、日菜はハナとハチを問い詰めた。特別版には、『ヒナドル、ついに芸能界入り！』という大きな見出しがある。読んでみると、ある芸能プロダクションが主催する美少女コンテストの書類審査に次々合格、と書いてある。

「どういうこと？」

眉根を寄せて日菜が問うと、「来週は最終審査の面接だから」と、当たり前みたいにハナが言った。


嫌がる日菜を尻目に、F組及びファンクラブの面々の大いなる後押しで、日菜はその美少女コンテストの最終審査に行かざるを得なかった。土曜日、ハチハナコンビが付き添いとして日菜を連れ出した。

「日菜が早生まれでよかったよ。これって年齢制限があって、十五歳までなんだよね。ファンクラブの会長としてはさ、日菜を本物のアイドルにするっていうのを最終目的にしてるんだよね」

ハナが得意げに言う。

「はあ？　そんなの聞いてないよ」

日菜が噛みつくと、「だって、言ってないもん」と、鼻の穴をふくらませる。

芸能事務所にスカウトされたことは、これまでも何度かあった。両親も「日菜がやりたいなら」と言ってくれたけど、日菜はそんなものにまったく興味はなかった。

「あたしはさ、そんなことよりも早く新しい恋を見つけたいの！」

本気の恋をしたかった。三日で飽きられるようなこんな顔はいらないから、自分のことを本当にわかってくれる相手と恋がしたかった。

「それはむずかしいと思うぜ」と言うのはハチだ。

「なにがむずかしいのよっ」

日菜が食ってかかると、ハチはむにゃむにゃと言葉をにごした。日菜自身、新しい恋を見つけるのがむずかしいということはよくわかっていた。お遊びのくせにやけに結束の固い「ヒナドルファンクラブ」がある今の高校で、彼氏を見つけるのは至難《しなん》の業《わざ》だ。告白された二十人というのは、ファンクラブができる以前の話だ。ファンクラブができてからは残念なことに、思いを打ち明けられたことはない。日菜は「ヒナドル」という自分の存在を持て余していた。

「あーあ、本気の恋がしたいなあ」

日菜は、恋をしたときの胸の鼓動が好きだった。わきあがる情熱を押さえ込もうとするような、それでもやっぱり間に合わなくて火がついてしまうような、自分の内面でひそかに熱く躍動する鼓動。

日菜が「恋」に思いを馳《は》せてぼんやりしていると、ふとまわりの視線に気が付いた。ふいに目が合った人が慌てて視線を外す。地下鉄のなかでも日菜のかわいさは注目される。そういうことにも日菜は慣れている。

しかし日菜はそのなかでも、とりわけ強い視線を感じたような気がした。他の乗客とはあきらかに異なる熱い視線。日菜はまわりをさりげなく見回した。見知った顔はいないようだった。

「どうかした?」

きょろきょろしている日菜にハナがたずねる。ハナもハチも、熱視線には気付いていないようだ。気のせいかもしれない。

「あたしさ、髪切ろうと思うんだけど、どう？　軽くパーマかけたいな」

日菜がそう言うと、ハナにぱちんとデコピンされた。

「ダメッ。絶対ダメッ」

「なんでよ」

「その、栗色の、つやつやの、まっすぐな、きれいな髪を切ってどうするっての？　パーマなんてもってのほかだよ。その髪だって、ヒナドルのかわいさにひと役かってるんだから。勝手な真似は許さないよ」

「勝手な真似って……」

日菜は大きくため息をつく。最近はとみに「ヒナドル」が面倒になってきた。ふつうの女の子に戻りたい、と大昔のアイドルのように思ったりする。

最終審査の会場には、容姿端麗《たんれい》な女の子が大勢集まっていた。オーディションを受ける主役の付き添いの子たちも、みんながみんなかわいかった。会場はまるでお花畑だ。色とりどりのファッションと匂い。

「みんなすげえかわいいよ。ヒナドル大丈夫かなあ」

女の子たちの熱気に当てられ、鼻血を出したハチが言う。

「大丈夫に決まってんでしょ。ヒナドルよりかわいい子なんて一人もいないじゃん。よーく見てみなさいよ」

ハナに頭をはたかれるハチ。

「ヒナドルは六番ね。最終審査に残ったのは十二人だから、ちょうど真ん中だね。まずは自己紹介。それと特技披露《ひろう》」

「なに、特技披露って？　聞いてないよ。そもそもあたしの特技ってなによ。なんにもできないじゃん。音痴だし」

「ほら、あれでいいじゃん。ブリッジで」

「えー、そんなんでいいのお？」

オーケーオーケー、とハナがグーマークを作る。

日菜は小学生の頃、新体操教室に通っていた。昔ほどではないけれど、身体は酢イカのようにやわらかい。

「ふうん、じゃあリボンかボールでも持ってくればよかったかな」

日菜がそうつぶやくと、

「ヒナドル、実はやる気まんまんじゃん！」

とハナに突っ込まれ、少々苦い気分になった。

控え室にはハナが付き添ってくれた。緊張なのか感極《かんきわ》まってなのか、なぜかすでに泣き出している子もいる。ハナとおしゃべりをしていたら、あっという間に時間になって、一番の子が呼ばれた。控え室にぴりぴりとした緊張が走る。壁にかかっているモニターで、審査の様子が見られるようになっている。

一番の子は十歳だった。日菜はあきれた。だってまだ、あどけない子どもじゃないか。

「特技は歌とダンスです」

そう言って、ガガ様の「Born This Way」を歌いながら踊った。本格的だった。歌っているときはプロの顔だった。

それからも、レッスンを積んできたであろう子たちが、得意技を次々と披露していった。日菜は圧倒されかけたけど、彼女たちの本気の意気込みを感じすぎて、逆に気が抜けた。

「六番。若村日菜。十五歳。高校一年。体操します」

それだけ言って、その場で前回転やら後回転やら側転、いろんな種類の倒立やらを適当に組み合わせた。デニム地のショートパンツにレギンスを合わせた今日の格好は正解だった。スカートだったら体操は無理だったし、ジーンズだったら非常にやりづらかった。

「すごく身体がやわらかいんですね。とてもきれいでした」

あごひげを生やした審査員のおっちゃんにそう言われた。日菜は軽く頭を下げて、さっさと控え室に引き上げた。

「大成功だよ、ヒナドル。今までの子のなかでいちばんよかった。あのひげヅラの大御所審査員が声をかけてくるなんて前代未聞だもん」

控え室でハナが興奮した様子でしゃべりながら、すばやくメールを打ち込んでいる。

「速報」という文字が見えた。ファンクラブ会員への一斉メールだ。

「次は水着審査だから」

速報を送信し終わったハナが、なんでもないふうに言う。

「えー！　やだよ！　なんでプールでもないのに水着着なくちゃいけないのさ」

日菜の訴えを無視して、ハナはバッグをごそごそやってる。

「なんかさ、指定の水着じゃないといけないらしくて、超ダサくて悪いんだけど……」

そう言いながら、ハナが取り出した水着を見て、日菜はぎょっとした。

「なにこれ！」

紺色のダサダサのスクール水着だから、ぎょっとしたのではない。ハナも大きく目を見開いている。

「誰がこんなことをっ！」

ハナの顔が見る見るうちに赤くなる。日菜は水着を手に取った。びりびりに破かれていた。無残《むざん》としか言いようがない。

「うそでしょう！　信じられない！」

急いでハナがハチに電話を入れる。そうこうしているうちに、

「次は水着審査です。各自指定の水着にお着替えください」

と放送が入った。

「なんなのよ、これ！　誰がやったのよ！　どーすんのよおっ！」

携帯を振り回すようにしながら、ハナが絶叫する。

「ああああー」

頭を抱えてがくっと膝をついたハナに「まあ、元気出しなよ」と、日菜はやさしく肩をたたいた。内心では、水着着なくてよかったあ、と安堵《あんど》しながら。

結局、水着審査に日菜は出場できず、棄権《きけん》ということになった。

翌日、ヒナドルファンクラブ会員総勢八十七名が、一年F組に招集された。四十人クラスの倍以上の人数に、教室内は異様な熱気だった。

審査用の水着やらメイク道具やらの一式は、オーディション前日にハナがハチに渡したそうだ。ちゃんと中身を確認し、そのときはなんの問題もなかったらしい。

その後ハナは帰宅し、ハチは預った荷物を机の上に置いたまま、他のクラスに顔を出したり購買部に寄ったりした。どうやらその間に、いたずらされたらしかった。

「昨日の事件は、速報で皆様にお知らせしたとおりです。ヒナドルは最終審査まで余裕で勝ち進み、残すは水着審査という肝心なところで、この事件が発覚しました。これです！

見てください！」

ハナが破れた水着を掲げる。重低音のどよめき。なかには「それ売ってえ」などというはしたない野次も飛ぶ。

「ハサミで切られています。確信犯です。ハチが机の上にバッグを置いた二十分の間に、何者かによって切られたようです。皆さん、こんな凶行を許していいのでしょうか！　これはテロ行為です！　わたしは断固として戦います！　必ずや犯人を見つけます！」

誰かがヒューッと口笛を鳴らす。いいぞお、とかけ声がかかる。

「疑いたくはありませんが、今ここに集まったファンクラブ会員のなかに水着を破った犯人はいますか？　今、正直に申し出れば許してあげないこともなくはないです。さあっ、犯人よ！　ここにいるなら手を挙げたまえ！」

しーん。手を挙げるものは一人もいない。

「いるはずないですよね。ここにいるのはヒナドルファンクラブの皆様！　ヒナドルを本物のアイドルとしてデビューさせることを最終目的としている、心からヒナドルを愛するファンクラブのメンバーですもの！」

ぱらぱらと拍手が起こる。

「おとといの十五時四十分から十六時の間、この教室に入って、ハチの机の上に置いてあったこのバッグのなかから水着を取り出して、趣味悪く切り刻んだ犯人を絶対に捕まえてください！　友人知人全員のアリバイを洗ってください！　犯人を見つけた方には、スペシャルなお礼も用意しております！　報告はわたくしまで！　どうぞよろしく！　解散っ！」

スペシャルなお礼、というところで口笛が鳴った。ヒナドルのチューとかもありえるのお？　と誰かが言う。ハナは「検討の余地あります」と毅然と答え、またもや口笛が鳴った。

日菜は、自分にも発言の余地があるかと思っていたけれど、それはなかった。余計なことは言わせたくないらしい。ヒナドルとして、ここにいればいいだけなのだ。

面倒なことになったなあと日菜は思う。でも実のところ、犯人に感謝している。あのダサい水着を切ってくれてありがとう、と本気で思っている。

アイドルなんてものには、まるでまったく興味ないのだ。そんなことより、今のあたしは本物の恋愛がしたい。淳也のことは確かに好きだったのだ。本気で愛し合ってると思っていた。それなのになによ。なにが、中身はからっぽよ！　なにが、美人は三日で飽きるよ！

今となっては淳也にはなんの未練もないけれど、心にぽっかりと開いた穴は新しい恋じやなきゃ埋まらない。日菜はもんもんと考える。自分にふさわしい男が、はたしてこの地球上にいるのだろうかと。外見に惑わされないで、自分の内面を見てくれる男が本当に存在するのだろうかと。

教室を出て行くファンクラブの面々は、口々に「残念だったね」「元気出せよ」などと、日菜に言葉をかけていく。

あーあ、まったく。誰もあたしの気持ちをわかろうとしてくれないんだから。日菜は教室の天井を見上げて大きく息を吐いた。

犯人探しは難航《なんこう》していた。ハナが毎日イライラしている。八つ当たりされるハチが気の毒に思える。

「もういいじゃん。済んだことなんだしさ」

日菜の言葉も黙殺される。もうじき夏休みだというのに、1Fには不穏な空気がただよっていた。日菜も憂うつだった。長い夏休み、一人でいったいなにをして過ごせばいいのか。

「ねえ、ヒナドルちょっといい?」

休み時間、ハナが声をかけてきた。少しばかり深刻な表情だ。

机につっぷして寝ていた日菜が顔をあげると、ハナは無言で、廊下側の前から二番目に座っている男子を指差した。

「あいつ。男子の出席番号九番、春日井信彦《かすがいのぶひこ》」

「うん」

「あいつが、ヒナドルファンクラブを脱退したいんだって」

鼻の穴を広げて、憤慨《ふんがい》まじりに言う。

「そんなの許されると思う？　理由聞いても言わないの。こんな大事な時期だっていうのにさ。どうしようか。ハチはほっとけ、て言うんだけど」

ほっとけば？　と日菜も答えた。べつにそんなのどうでもいいじゃん。と思いつつも、ハナの怒りが手にとるようにわかったので、適当に相槌《あいづち》を打った。

「今日の放課後、臨時会議開くから」

ハナはそれだけ言って、鼻息荒く行ってしまった。日菜は、またひと騒動起きそうだなあと、伸びをしながら春日井信彦の後ろ姿を眺めた。

どちらかというと痩せ型。小さな楕円《だえん》形のメガネ。色白で体毛が薄そう。これといって特徴のない目鼻口。なんの本だかわからないけれど、文庫本をいつもものすごいスピードで読んでいる。ページをめくる速度が尋常じゃない。日菜の記憶だと、自分とはこれまで一度も口を利いたことがない。

放課後、ハナが「ほんの十分！」と言って、1Fを招集した。クラスの連中は、水着事件の犯人が見つかったのかと、興味津々《しんしん》の顔をしている。

「本日、春日井信彦くんが『ヒナドルファンクラブ』の退会届を持ってきました」

ハナがそう言うと、教室は不気味にざわめいた。無理もない。春日井信彦というのは、本当に目立つことのない、おとなしすぎる生徒だ。存在感のない幽霊のような春日井が、自らすすんで退会届を出すなんてにわかには信じられない。

教室内の雰囲気に、うつむいて顔を赤くしている春日井信彦。

「退会理由はなんですか？」

ハナが春日井に理由を問う。そもそも退会する理由なんて、あるほうがおかしいのだ。年会費の三百円は返却できないことになっているし、活動といっても月イチの通信だけだ。他にはなんの制約もないし、こんなのはただの遊びなんだから。

みんなが春日井に注目する。

「……」

春日井はうつむいているだけだ。ハナが「理由をあきらかにしてください」と問い詰める。1Fの全員が春日井の一挙手一投足に注目する。

「春日井くん！　理由は！」

ハナの金切り声に、春日井の肩がびくっと動いた。

「……べつに、これといって……」

これこそ蚊の鳴くような声というのだろう。赤かった顔は、いつのまにか蒼白となっている。

「聞こえない！」

「……特に理由はない……です」

失笑のようなざわめきが教室を包む。

「理由ないなら、辞める必要ないんじゃないの？」

そりゃそうだ、と誰かが言う。めんどくさいだけだからこのまま会員でいろよ、と他の誰かが続ける。日菜は、春日井をじっと見つめる。青白い顔はよりいっそう血の気がひいている。

「ねえ、春日井。たとえファンクラブを退会したとしても、キミの生活はこれまでとなんら変わらないと思うんだけど？」

ハナが諭《さと》すように言うと、「そうだよそうだよ、変わんねえよ」と、いつのまにかハナの隣に立っていたハチも追従《ついしょう》する。

「どうなのさ、春日井。それでもファンクラブ退会するっていうの？」

春日井に視線が集まる。春日井は沈黙を守っている。ハナが大げさにため息をついた。

「悪いけど退会は認めない。意見があるなら今のうちに言って」

みんなも早く帰りたそうだ。ところどころから文句が出はじめる。

「……反対だから」

うつむいたまま春日井がぼそりと言う。

「え？　なに？　今なんて言った？　聞こえないっての」

ハナのうんざりした声に、春日井がにわかに立ち上がった。

「僕は、若村さんをアイドルデビューさせることに反対だからっ」

思いの外《ほか》しっかりした口調で、春日井が言い放った。クラスは一瞬しーんとしたあと、おそろしい勢いでどよめいた。思いがけない春日井の言葉に、日菜もびっくりした。

ハナとハチはぽかんとしている。それから二人は顔を見合わせて、声をそろえた。

「ああっ！　もしかして⁉」

ハチハナコンビの声に、みんなの視線が春日井に集まる。

「水着の犯人！　春日井じゃねえの！」

ハチの声に教室が揺れる。春日井は無表情で突っ立っているだけだ。日菜は、その春日井の佇《たたず》まいを、なかなかいいじゃん、とひそかに思った。

その後は大変だった。いくら追及しても、春日井信彦は水着事件のことには一切触れず、ただ、「若村さんのアイドルデビューには反対だ」と言うばかりで、まったく進展がなかったからだ。時間が無駄に過ぎるばかりなのでひとまず解散し、明日改めて春日井、ハチ、ハナ、日菜で話し合うことになった。

ハナは煮えきらない春日井の態度にひどく腹を立てていたし、ハチは水着事件により、恋人であるハナの信用を一気に失った恨みを、春日井に全面的に向けていた。

F組のみんなは、水着事件の犯人は当然春日井だろうと見当をつけた。むろん、日菜もそう思っていた。そうだったらいいな、と思っていた。水着を切っちゃうなんて、なかなかやるじゃん、と。

翌日、春日井信彦は学校を休んだ。本日の話し合いのことは1Fの全員が知っていたから、春日井が休んだことで、拍子抜けした空気がクラスを取り巻いた。

「あいつが犯人に決まりだね。今日だって確信犯的に休んだに決まってる。ばっかみたい。休んだりしたら、明日からもっと来づらくなるのにさ。ったく、だらしないったらない」

ハナが憎々しげに言う。ハチもおおいにうなずく。

「ヒナドル、ハチ！　今日、学校が終わったらあいつの家に乗り込むよ。あいつは、このまま何事もなかったようにしたいんだろうけど、そうはさせないってのよ。絶対に白状させてやる」

放課後、日菜はあまり乗り気ではなかったけれど、春日井の家を見てみたい欲望のほうが勝って、結局ついていくことにした。

春日井の家まではバスで四十分かかった。そこはこの地域でいうところの、いわゆる高級住宅街だった。

「すっげー。ここって、芸能人とかが住んでるとこじゃねえ？　おれ、この辺はじめて来た」

ハチが興奮している。うるさいっ、とハチの頭をはたいたハナもすこしばかり興奮している。日菜は緑あふれる新鮮な空気を、深呼吸して思い切り胸に吸い込んだ。チリひとつ落ちていない整備された道路には、大型犬を散歩させているお金持ちそうなマダムがゆったりと歩いている。

三人は地図を頼りに春日井の家に向かった。歩いて十分ほどしたところに、春日井家の表札を見つけた。

『春日井信之新介』とある。

「なにこれ、のぶゆき、しんすけ、って二つ名前が入ってる」

ハナが笑いながらインターフォンを押す。三階建ての瀟洒《しょうしゃ》な家だ。庭には芝がきれいに生えそろっていて、二階の窓には高級そうなレースカーテンが揺れている。

「金持ちぃー」

とハチが言ったところで、インターフォン越しに声がした。

「来ると思ってた。上がりなよ。今開けるから」

春日井の声だった。三人は顔を見合わせてから、音もなく自動的に開いた門を入っていった。玄関ドアにはライオンの顔の呼び鈴がついている。

「こういうのってよく温泉にあるよなあ。ライオンの口からオエーッて、お湯が流れてくるやつ」

そう言いながらハチがふざけて鳴らした。ゴキッゴキッと音がした。同時にドアが開く。

「それ鳴らすのやめてくれないかな。家中に響くから」

春日井だ。私服の春日井はいつもの制服姿の春日井より、少しだけ自信があるように見える。

「どうぞ」

なんとなくハナは不機嫌そうだ。金持ちと春日井が結びつかないようだった。ハチはものめずらしそうにきょろきょろしている。

日菜は、春日井の後ろ姿を見ていた。意外と脚が長いことに気付いたのだった。ジーンズは年代もののリーバイスだ。これまた意外だった。

「おじゃまします」

三人で声がそろった。いらっしゃーい、と奥から鈴を振るようなかわいらしい声が聞こえたけれど、春日井は無視して「二階が僕の部屋だから」と言って、階段を上っていった。三人はあとに続いた。

「適当に座って」

春日井が抑揚《よくよう》なく言う。十畳ほどのフローリング。高級そうなベッドと重厚な机。最新型のステレオセット。

「お前んちって、すげー金持ちなのな。おれの部屋なんてこの半分以下だぜ。四畳半だもん」

ハチがそう言って、なにがおかしいんだかげらげら笑う。

「単刀直入に聞くけど」

ハナが自らを奮《ふる》い立たせるように切り出す。

「ヒナドルのオーディションの水着を切ったのは、キミだよね」

春日井は腕を組んで黙っている。メガネの奥でゆっくりと瞬きをする春日井を見て、日菜は、めちゃくちゃまつげが長い、とこっそり感嘆した。

「ねえ、春日井。キミはあたしたちが今日ここに来ると思ってたんでしょ。だったら、はっきり言いなよ。キミが、ヒナドルの水着を切った犯人なんでしょ」

春日井の頭がほんの少し揺れたところで、部屋のドアがノックされた。

「ノブくん、入っていい?」

ころころと鈴を転がすような、さっき耳にした声だ。ノブくん、というところで思わず笑いそうになったけど、心のなかだけにとどめた。

「どうぞ」

春日井が、いくぶん不機嫌そうに返事をする。

「わー、いらっしゃい! ノブくんのお友達が来るの、高校生になってはじめてよ。わたくし、信彦の母です。はじめましてえ」

そう言って、お盆にジュースと菓子を載せてやってきた人物を見て、三人は目を丸くした。

「アマリリス洋子《ようこ》！」

思わず三人でハモってしまう。

「あはは、やだわー、知ってるのお？　はずかしいわあ」

そう言って、アマリリス洋子が笑う。アマリリス洋子といえば、一時期一世を風靡《ふうび》した元アイドル歌手だ。結婚、出産を経たあと、子ども番組を持ったことで、幅広い年代に支持されるようになった。妙にレトロな芸名も人気にひと役買った。日菜は、ブラウン管越しに見たアマリリス洋子をよく覚えていた。今でもときおり、クイズ番組などに出演している。

「どっちもこっちもあっちもそっちもアマリリスー♪　って、おれよく歌ってましたもん」

ハチが振り付けをして歌う。それを見たアマリリス洋子も、一緒になって振り付けをして歌い出した。かなり陽気な人らしい。

「母さん、もういいから」

春日井が冷静に言ったところで、アマリリス洋子は照れたように「やだわあ」と言い、小さく手を振ってから出て行った。

ドアが閉まったあと、

「かーわいい」

と、またもや三人でハモってしまった。外見のかわいさもそうだけど、なによりもそのしぐさやしゃべり方が非常にかわいらしかった。アマリリス洋子の登場に三人が少しだけはしゃいだあと、部屋には打って変わって気まずい空気が流れた。しばしの沈黙。つかの間の静寂《せいじやく》のあとに口を開いたのはハチだった。

「なあ、今の、春日井の本物のかあちゃん? あのアマリリス洋子が?」

春日井が慎重にうなずく。日菜は食い入るように春日井の顔を見た。確かによく見れば、春日井はいい顔をしていた。雰囲気が幽霊というだけで、顔の造作やスタイルはかなり上位のほうだった。

三人は、アマリリス洋子が持ってきてくれたアイスティーを飲み、金色の包み紙に入ったお菓子を頂いた。さくさくのミルフィーユにカスタードクリームが挟まれていて、まわりをチョコレートでコーティングしてある。

「すっごくおいしい!」

日菜は思わず声をあげた。それを見ていた春日井が、どことなくうれしそうな顔をする。幽霊系なので、かすかな表情の変化でもやけに際立つ。

「わかっちゃった」

ハナが唐突に指を鳴らす。

「春日井って、もしかして日菜のこと、マジラブなの?」

それを聞いた春日井の耳がまず赤くなり、そのうちにあごから徐々におでこまで、すうっと赤らんでいった。

「やっぱりキミが犯人だね」

ハナは少し落ち着いたように見える。それは、このお菓子のおいしさのおかげだろうと、日菜は思う。春日井が大きく息を吸い込んだ。

「……そう、あの日、水着を切ったのは僕だ。鉢ノ木くんの机の上に置いてあった若村さんの審査用の水着を切った。ごめん、悪かった」

春日井が頭を下げる。まだ少しだけ顔が赤い。

「理由を教えてもらおうじゃないの」

ハナの言葉に、春日井は観念したようにうなずいた。

アマリリス洋子を母に持つ、春日井信彦の言い分はこうだった。

芸能界というのは、そんなに生易《なまやさ》しいところではない。テレビに出るようになるには、膨《ぼう》大《だい》な努力と多大な運が必要だ。ときには嫌な思いもたくさんする。小さい頃、家ですすり泣く母親の姿をよく目にした。

母は毎日疲れきって帰ってきて、そのくせ夜になると気が高ぶって眠れずに、慢性的な寝不足状態だった。薬を処方されていた。テレビで見るアマリリス洋子と母親の姿はあまりにもギャップがあった。

今でこそ、本来の明るさを取り戻してくれたけど、自分が幼い頃は、母がいつ死んでもおかしくないと感じていた。いつも不安だった。いつも心配だった。

「だから、若村さんには、母のような思いだけはさせたくなかったんだ」

春日井信彦は、最後にそう締めくくった。

「ふーん」

ハナがしらけた声を出す。

「そういうことか」

ハチも同じく、しらけたような口調で続ける。

「若村さん、水着を切ったりしてごめん。僕は、若村さんがデビューすることだけは絶対に阻《そ》止《し》したかったんだ」

春日井はそう言って、ハチとハナにも頭を下げた。

「オーケー、了解。わかった、もういい」

ハナが言う。

「本当にごめん、花森さん、鉢ノ木くん、若村さん。F組のみんなにも迷惑かけた」

神妙な顔で春日井がうなだれる。

「謝ることないよ、春日井。あたしは、かえってよかった。あんな水着着たくなかったし、アイドルなんてぜんぜん興味ないし。だから逆に感謝してるよ。阻止してくれて、どうもありがとうってね。

ねえ、これを機に、あたしをアイドルデビューさせるって話、なしにしてくれないかな。いい？　ハナ、ハチ」

日菜が言うと、ハチが心配そうにハナの様子をうかがった。首謀者のハナに三人が注目する。ハナは大げさに肩を落とした。

「はあーっ、わかったわよ。本人がそれほど言うなら仕方ないわ。ヒナドルアイドル計画はあきらめる。あたしの夢だったんだけどな、残念」

明るく言ったハナを、ハチが安心したように見つめている。いいなあ、と日菜は思う。素敵なカップルだ。彼氏がほしいと心底思う。

「あの、すみません」

春日井がなぜか手を挙げる。どうぞ、とハナが指す。

「せっかくなんで、ちょっと、ちゃんと言わせてほしい」

「どうぞ」

「あ、あの、僕、若村さんのことが、す、好きなんです。こ、これは告白です」

春日井が震える声で言った。

「わかってるって」

ハチハナカップルが声をそろえる。本当に気の合う二人だ。

「あ、あの、よかったらお付き合いしてくれませんか、ぼ、僕と」

ひえー、驚いた、と言ったのはハチだった。ハナは、眉をひそめて春日井を見ている。

「春日井、マジで言ってんだ。すげー勇気。ファンクラブのみんなにバレたら大変だぞ」

ハチが言う。ファンクラブ会員の三か条、その三。ヒナドルとの個人的恋愛はご法度のこと。

「どうしようかな」

と言ったのは日菜だ。べつに付き合ってもいいかな、と続けた。ハチとハナが驚いたように日菜を見る。

「だってよく見ると、春日井ってかなりいい線いってるよ。つぶらな目だし、脚も長いし。それにさ、水着を切っちゃうようなそんな大胆なことができるなんて、ふつうの肝《きも》っ玉《たま》じゃないでしょ？　男らしいじゃん。かっこいいよ」

春日井は、勇気ある告白から一転、挙動不審に陥っている。目が泳ぎまくる。

「それに今、あたし彼氏募集中だしさ。淳也はひどい男だったし」

日菜が言うと春日井は、くっと顔を上げ、「あんな奴だめだ！」と唾を飛ばした。

「若村さんという彼女がありながら、他の女性に目移りするなんて絶対許せないっ。僕はずっと若村さんだけを見守ってきたんだ」

春日井の顔に生気が戻る。

「あたしって中身からっぽだと思う？　美人は三日で飽きると思う？」

日菜が聞くと、「とんでもない！」と春日井は立ち上がった。

「僕は若村さんのさっぱりした性格や、人の内面を見る観察眼が好きなんです。若村さんはものすごく繊細でやさしくて思いやりのある人です。もちろん顔も好きです。飽きるわけありません！　死ぬまでずうっと見ていたいです！」

春日井はこぶしを突き上げるようにして言い、

「僕だったら、若村さんを幸せにできる。約束します」と続けた。

ハチハナカップルが目を丸くして、俄然《がぜん》燃え出した春日井を眺める。

「前向きに考えるよ」

日菜の言葉に、春日井は「やったー！」と雄叫びをあげ、その後しばらく放心したあとで、「よろしくお願いします」と丁寧に頭を下げた。

「じゃあ、さっそく『号外』出さなくっちゃね。春日井信彦、ヒナドルにマジ告白。水着を切ったのは、ヒナドルを芸能界という魔窟《まくつ》から守るためだった！ ちなみにアマリス洋子は春日井の血縁!? こんなんでどうかな」

いい、いい！ とハチが拍手を送る。

「あ、そうそう、表札の名前なんて読むの？ 春日井のお父さんだろ？」

ハチが聞くと、春日井が「のぶのしんすけ」と、答えた。三人はまた顔を見合わせた。

そういえば名前を聞いたことがある。著名な映画監督だ。

「とりあえず今回のことは、ま、いっか。有名人の子どもってことで許してあげる」

ハナが言い、

「それと、春日井はヒナドルファンクラブ破門だからね。退会届は受理します」

と続けた。

春日井信彦は、はじめて本物の笑顔を三人に見せた。目じりが下がったその笑顔は、童顔でとてもかわいらしくはじらいがあって、それでいてある種の力強さも感じられた。日菜の心は少なからずときめいた。

たぶん。きっと。おそらく。あたしは春日井のことを好きになるだろう。日菜は確信めいて思い、そう遠くない未来の自分たちの姿を思い描いた。

もうすぐやってくる夏休みは、文句なしの楽しさと陽気さと恋心に満ちあふれ、最高の日々になることは、もはやまちがいなかった。

アマリリス洋子《ようこ》

今から二十年ほど前。アマリリス洋子は、分刻みの慌《あわただ》しいスケジュールをこなしていた。テレビのレギュラー八本にラジオが二本、CM四本という多忙ぶりだったが、ここまでの道のりは決して平坦なものではなかった。

洋子が歌手としてデビューしたのは十七歳のとき。八〇年代アイドルの全盛期だ。『利根《とね》川を泳いできた妖精。坂東太郎《ばんどうたろう》の秘蔵っ子。柴田《しばた》洋子』これが洋子のキャッチコピーだった。デビュー曲は『利根川の妖精』。売れるわけがない。売れるほうがおかしい。ちなみに洋子は、群馬《ぐんま》県利根郡の出身で、利根郡は利根川の源流地である。坂東太郎というのは利根川の別名であり、特定の人物等ではない。

かわいらしい衣装を身に着けて、次々と売れてゆく同期アイドルたちを尻目に、洋子は地道に営業活動を行った。デパートの屋上や夏祭りの舞台、ときには酔っ払いばかりの小さなスナックで歌うこともあった。

事務所は明るい性格の洋子をクイズ番組などに出演させて、俗に言うバラドルを目指した時期もあったけれどうまくいかなかった。洋子はかろうじて事務所に籍は置かせてもらっていたが、次第に仕事は来なくなり、なかば新人たちの雑用係のような存在になっていた。

「洋子さん、あたし今、無性にドクターペッパーが飲みたい。今すぐ買ってきて」

などと新人アイドルに言われると、洋子は財布を握り締め、屈辱《くつじよく》を笑顔に変えて全速力で自販機まで走った。

そんな生活が続き、世間からも事務所からも洋子の存在が忘れ去られようとしていた二十二歳の頃、洋子に転機が訪れた。田舎に帰ろうかと考えていた矢先だった。主演映画のオファーが来たのだった。春日井信之新介という、無名の監督だった。

「かすがいのぶゆきしんすけ?」

洋子が聞くと、「のぶのしんすけ」と、その人は答えた。

「なぜわたしを起用しようと思われたのですか」

洋子は、気になっていたことを監督に思い切ってたずねた。失うものはなかったので、怖いものはなかった。

春日井監督は、

「利根川を泳いできた妖精。坂東太郎の秘蔵っ子」

と、洋子のデビュー当時のキャッチコピーを朗々《ろうろう》と口に出した。洋子は驚いた。こんなことを知っているなんて、内心、気味が悪いと思った。

「利根川を舞台とした映画なんだ」

監督はそう言って、ニヒルに笑った。

映画の内容は、都会に憧れる田舎の女の子が、利根川を泳いで東京へ行くという、ありえない設定のストーリーだった。タイトルは『利根川物語』。挿入歌には、洋子の『利根川の妖精』を使いたいということだった。

洋子はその申し出をあやしんだ。偏狂的な気がした。事務所の人間に相談してみると、

「売れそうにない映画だなあ」

と笑われ、「断るなら断っていいよ」と言われた。洋子は考えた。このまま逃げるように田舎に帰るのか。あれほど両親に反対された芸能界。まったく売れなかったデビュー曲一曲だけで、すごすごと尻尾を巻いて引き下がるのか。

「お引き受けします！」

春日井監督は、洋子よりひと回り以上年上だったし、頬からあごにかけての黒々とした

ひげはいかにも監督風で威厳すらあった。この監督に任せてみようと思った。どこかしら、春日井監督が他界したひいじいちゃんに似ていることにも後押しされた。

ヒットしなくてもいい。ただ自分が、芸能界に身を置いていた証《あかし》として意地として、最後の勝負を賭《か》けるのだ。はじめての映画で初主演。すばらしいではないか。洋子は自分を奮《ふる》い立たせた。

演技をするのははじめてだったけれど、デビュー当時から、事務所が借りているワンルームマンションの姿見の前で、ドラマや映画の依頼がいつ来てもいいように、洋子は日夜演技の練習を重ねていた。たのしい顔、怖い顔、悲しい顔、悔しい顔、絶望、喜び、失意……、顔の表情とともに、身体の筋肉の微妙な変化、その揺らぎ、泣けと言われたら、十秒以内に涙を流せる自信があった。

「カアーットオウゥウ!」

カットと言うときだけ、妙に甲高《かんだか》い声になる春日井監督の声を聞きながら、洋子はいつになく集中している自分に気が付いた。ものすごい充実感だった。

「洋子ちゃん、はじめてなのにいい演技するねえ。いいよ、いいよお」

監督も、想像以上の洋子の演技に満足しているようだった。

『利根川物語』のヒロイン、すみれは女優を夢見る女の子だ。器量はまあ、人並み以上と言えないことはなかったけれど、ずば抜けてかわいいわけではないことを、すみれは自分で知っていた。知っていたからこそ、人と違うことをしようと考えた。

水上《みなかみ》から上越線に乗って高崎《たかさき》で新幹線に乗り換えて、東京駅へ着くなどという、猿でもできそうな当たり前の上京では、なんの意味もないと考えた。

「わたしは利根川を泳いで、東京に行く！」

すみれはそう心に決めた。

と、そのような理由で利根川を泳ぐことになるわけだが、洋子は実はカナヅチだった。水に顔をつけるのが怖かった。息継ぎができないのだった。

春日井監督は、ヒロイン役の洋子に泳げるか否《いな》かを聞かなかった。泳ぎの場面だけは代役を立ててくれるだろうと思っていた。どこぞの事務所のスタントガール的な、もしくは安全な、足が余裕で着く温水プールで撮影したものを、うまく映像に取り入れるみたいな、そんなイメージだった。

だから春日井監督から、水着を着て利根川で泳ぐ撮影があることを聞いたときは、心底驚いた。

「わたし、泳げないんです」

洋子ははっきりと言った。監督はしばしの沈黙のあと、

「泳げない？」

と、怪訝《けげん》そうな顔で洋子を見た。しかし次の瞬間には豪快に笑っていた。

「おお、そうか！　じゃあ、すみれはカナヅチという設定に変えよう。そのほうが感動と共感を呼ぶ！」

春日井監督は、脚本をあっさり変えた。台本も春日井信之新介が書いたものだから、なんの問題もないようだった。

「だって、すみれはインターハイに出るくらいに水泳が得意な女の子のはずでは？　そう台本に……」

洋子がおずおずとたずねると、

「そんなんじゃダメだ！　おれは、ダメダメな女の子が這《は》い上がってゆくアメリカンドリーム的な物語を撮りたいんだ！」

と、唾を飛ばしながら言った。

簡単に脚本を変える監督に対して、少なからずのいいかげんさは否めなかったものの、新しい台本に、洋子ははからずも共感した。ヒロイン役のすみれと自分がだぶったのだった。

幼いときから洋子は容姿に自信があった。出来のいい兄や姉と成績の面で比べられることが多かったけれど、生まれもって授かった容姿は兄妹のなかでは洋子が群を抜いていた。末っ子の洋子は、その外見のかわいさに免じられる部分も多くあった。

中学を卒業する頃になると、「絶対、芸能人になれるよ。歌手だよ、アイドル歌手」とまわりの友達からエールを送られ、洋子もかなりその気になっていた。テレビで歌っているアイドル歌手よりも洋子ちゃんのほうが断然かわいいよ、などと言われると、そうかもしれない、と本気で思ったりした。

洋子は親に反対されながらも、芸能人が多く通う高校へ進学することとなった。そこで洋子は思い知らされる。みんながみんな、ものすごくかわいかったのだ。この現実に洋子は打ちのめされた。世間は広かった。世の中には、かわいい子がごまんといるのだ。

それまではぼんやりと思い描いていただけの芸能界だったけれど、洋子はそこで一気にやる気モードになった。絶対に負けたくないと思った。勉強もがんばった。親を納得させるためだ。この高校を選んだだけでも大いに反対されたのに、本当に芸能界に入るなんてことになったら、どのくらい怒られることだろう。そのときのために、今やれることはすべてやっておきたかった。

休みの日にはおしゃれをして原宿《はらじゅく》や渋谷《しぶや》に出かけ、スカウトされるのを待った。高二の夏に、待ち望んだ芸能事務所のスカウトマンから声をかけられた。死ぬほどうれしかった。むろん親は大反対だったけれど、洋子は譲らなかった。

「わたし、がんばるから！　絶対に成功するから！」

そう言って、洋子は家を出たのだった。

「待ってくれよ、すみれ！　無謀《むぼう》だよ！　死ぬ気かよ！」

すみれの幼なじみでもあり、ひそかに恋心を抱いている琢磨《たくま》がすみれを引き止める。大きな岩場の上である。初夏の空は青く大きく、きらきらの太陽光線がすみれ役の洋子の身体にふりそそぐ。

「あたし行くよ、琢ちゃん。東京で夢を叶えるんだ、見てて！」

すみれはそう言って、やぼったい水着で岩場からザバーンと川に飛び込む。

というシーンだ。

「よーい、スッタートッ」

春日井監督が例の甲高い声で言い、助監督がカチンコを鳴らしてすばやくはける。助監督と紹介された人は、助監督というよりは何でも屋で、弁当の注文をとったり、ときにはメイクの手伝いまでしていた。圧倒的な人手不足らしかった。

琢磨役のかわいい顔をした俳優は、芸名も琢磨と言って、今売り出し中のアイドルだ。『利根川物語』の観客の九割以上は彼のファンだと予想される。出番は少ないが、ギャラは誰よりも高いだろう。

洋子は、琢磨役がセリフで言うとおり、「死ぬ気」だった。撮影は、ラフティングで有名な場所だ。若者たちが頻繁にふざけながら飛び込む岩場。

けれど泳げない洋子にしてみたら、まさに命がけだった。ほんの二メートルほどの高さだったけれど、洋子は、富士山《ふじ》のてっぺんから飛び降りるくらいの心境だった。

こんなことでビビってどうするの！　自分で決めたはずよ。がんばれ洋子！　ひいじいちゃん似の監督だもの。大丈夫、安心して飛び込むのよ！

洋子は自分にカツを入れて、精神統一をした。大きく深呼吸。よしっ、今だ、行け！

ばっしゃーん！

脚が痛かった。お腹が痛かった。水がつめたかった。息ができなかった。

「カアーットオゥウゥ！」

洋子は、聞き慣れた甲高い声を、つめたい水のなかで聞いた。

「よかったよう、洋子ちゃん！　ばっちりだよ」

監督に、ぬれそぼった背中をばんばんと叩かれた。恐怖心があとからやってきて、膝ががくがくと震えた。洋子は自分の勇気に拍手を送りたくなった。これこそ役者根性、役者魂だ。

岩場から飛び込んだことで、洋子のなかでなにかが完全にふっきれた。

「監督！　わたし、がんばります！」

湯気が出そうなほどのエネルギーを発散させている洋子を見て、春日井監督は満足そうにうなずいた。

撮影は順調に進んだ。予算が少ないらしく、極度な過密スケジュールだったけれど、洋子は文句を言わずにがんばった。シーンのほとんどが洋子だ。たまに琢磨役の男の子。ごくたまに、そこらへんのおじさんおばさん（これはエキストラや関係者で対応）。

琢磨とのキスシーンもあった。キスと言っても、誤って互いの唇が触れてしまうという設定だ。このキスシーンがいちばん難しかった。何度やっても微妙な位置のズレで、唇をうまい具合に合わせることができなかったからだ。

「スッタートッ」

「カアーットオウゥウ！」

テイク二十三でようやく理想の「誤って唇をつけてしまった幼なじみ」のシーンが撮れた。出来上がりを見て洋子は、この程度なら琢磨のファンの子にカミソリを送られることはないだろうと安堵した。

「それにしても洋子ちゃん、よくやるよな」

あるとき琢磨役の琢磨に言われた。太陽が陰影を作り、琢磨の顔をさらに彫《ほ》り深く見せる。

「こんな映画、ぜってえ売れないぜ」

そう言って、笑うというよりは同情のまなざしを向けられた。確かに売れないだろう。脚本が突飛過ぎる。

でも！　わたしはこれに賭ける。これが最後の芸能界の仕事になるかもしれないから。

「命、賭けてますから」

洋子の言葉に、琢磨はぽかんと洋子を見てから、「命ときたか！」と言って、笑った。裏表のない、いい青年だった。

映画のほとんどが、利根川を泳ぐすみれ、利根川の河川敷《かせんしき》で暖をとるすみれ、利根川の河川敷で食事をするすみれ、利根川の河川敷で寝袋に入るすみれ、すみれの脳内に広がる未来の予想図、に尽きる。

利根川を泳いで上京する、という設定だが、それが現実的に無理なことはもちろん承知の上なので、『利根川物語』は、ファンタジーの要素を多分に含んでいる。にもかかわらず、すみれが大きなリュックサックの横で寝袋に入るシーンや、焚《た》き火をおこして飯盒《はんごう》でご飯を炊いたりするシーンなどは非常に現実味があり、脚本を読んだだけでも、あまりの整合性のなさに、これはもしかして新ジャンルのホラーに分類されるのではないか、と思うくらいだった。

ラフティングの岩場から飛び込んだ撮影以降、洋子は三度ほど利根川に入っていた。カナヅチの設定なので、素の洋子が見苦しく泳ぐシーンは絶品だった。アップの顔も最高だ。鼻水と涙と川のしぶきがない交ぜになって洋子を襲い、あっぱれなまでの迫力だった。

その三度の概要というのは、浅瀬から川に入るところ、反対に川から岸にあがってくるところ、浅瀬での顔のアップで、これらの撮影は特に危険なことはなかった。

暑い時期の撮影だったが、川の水は驚くほどつめたく、けれどそれにも慣れてきた頃だった。だから春日井監督から、

「明日、川で泳ぐシーンあるから」

と言われても、一回目ほどの恐怖感はなかった。

「期待してるよ。がんばってな」

監督に背中を叩かれ、洋子は「はいっ」と元気よく返事をした。


翌日は少し雨が降っていた。霧のような細かい雨だ。

「ちょうどいいねえ。ブルーグレーの空と、いつもより少し流れの速い利根川。最高のロケーションだねえ。こんな好条件めったにないねえ。神様が味方してくれてるねえ」

春日井信之新介監督は、高らかに言った。晴天時のみの撮影と聞いていたのに、あまりに臨機応変が過ぎる。

低気圧のせいか、川の流れが速い。今日の利根川は、これまで見慣れた利根川の色ではなかった。雨のせいで川底の砂や泥が動いているのだろうか。不吉な色合いだった。

「はーい、洋子ちゃん。準備いいかな」

洋子は準備体操に余念がなかった。自分の身体は自分で守らなければならない。

「川の真ん中あたりまで行ってから、泳いでくれるかな?」

「泳げませんけど?」

「あっ、ああ、そうだったね、そうだったよね。んじゃ、はじめはアップで撮るから、スタッフに支えてもらって、泳ぐふりみたいなことしてよ。こう、バシャバシャッとさ」

「……はい」

「それでさ、それが終わったら、次はとりあえず川面《かわも》に浮かんでくれるかな。仰向《あおむ》けでいいから。流れに身を任すみたいな？　すみれが、上京したところを想像しながら浮いてるって設定にするから。利根川に浮かびながら大空を眺めて、女優を夢見るすみれ！　これでキマリだ！」

「……はい」

ウエットスーツ姿のスタッフ二人に両腕を支えられ、洋子は川の中ほどまで進んだ。思った以上に流れが速かった。

「大丈夫でしょうか」

洋子がスタッフに聞くと「大丈夫なんじゃない？」と軽く返された。危機感ゼロだ。

「よーい、スッターットッ」

スタッフにウエストと脚を支えられ、洋子は無我夢中で腕を回した。鼻に水が入った。ゲボッ、ゴホッ。大量に水を飲んだ。苦しかった。死ぬかと思った。

「カアーットオウゥウ！」

ゲホッ、ブホッ、バホッ。

「いやー、よかったよ、洋子ちゃん。迫真の演技だったねえ。最高の表情だったよ。みんな感動しちゃうよ」

洋子はしばらくの間むせていた。

「洋子ちゃん、スタンバイOK？　続けて次行っちゃうよ。次は、ただ浮いてればいいだけだからね」

「……はい」

今度は仰向けに支えられた。

「監督のスタートの声がかかったら、おれたちは手を離してはけるから」

「はい」

「よーい、スッターットッ」

スタッフがそっと手を離した。洋子は浮いたまましずかに流れた。と思ったら、いきなり猛スピードで流されていった。スタッフはぽかんとしていた。監督はなにも言わない。カメラは回り続ける。

「カアーットオウゥ！」

と、監督が叫んだときには、すでに洋子の姿は見えなかった。

「最高のシーンが撮れたぞ。洋子ちゃん最高だ！」

洋子に監督の声は届かなかった。ごうごう、という川の音だけが聞こえた。途中何度か身体の向きが変わった。頭が前にいったり足先が前にいったりした。ものすごいスピードだった。

強いしぶきがかかって、身体が回転した。うつ伏せになった。あっという間にバランスを崩した。水を飲んだ。むせた。身体全部が川にすっぽりと入った。小石や砂が舞うのが見えた。意外ときれいな川なんだな、と水中で思ったのが最後だった。


『「利根川の妖精」の柴田洋子！　利根川で流され、意識不明の重体！』

翌日のスポーツ新聞には、柴田洋子の名前が一面トップで掲載された。事務所の社長が記者会見を行った。

「依然として意識は戻っておりません。一分一秒でも早い回復を祈るばかりです」

沈痛な面持ちの社長。うっすらと涙が浮かぶ。

琢磨も取材攻勢にさらされた。

「今回の事故をどう思われますか？」

「大変気の毒に思う。撮影現場がずさんすぎるよ。泳げない洋子ちゃんを川に入れるなんて常識なさすぎでしょ？　あれじゃあ洋子ちゃんがかわいそうだよ」

この琢磨のインタビューは連日ワイドショーで放送された。琢磨の影響力は大きかった。春日井信之新介監督は、業務上過失傷害で書類送検されることになった。

洋子の意識が戻ったのは五日後だった。意識不明の間、洋子はあの世へ行った。本当にお花畑が見えたのだった。それはそれは見事なお花畑で、色とりどりの花に囲まれて、洋子はうっとりとした。バニラエッセンスのような甘い匂いがした。とんでもなく気持ちがよくて、このままずうっとここにいたいと思った。

しばらくすると向こうから、どこかで見たことのある人がやって来た。

「おい、洋子」

ドスの利いた声で話しかけられた。春日井監督によく似ていたけれど、違う人だった。

「おれのこと、忘れちまったのかよ」

その口調にひっかかるものがあった。そしてふいに思い出した。

「ひいじいちゃん！」

洋子は叫んだ。

「そうだよ、ひいじいだよ、洋子」

ひいじいちゃんはそう言って、にったりと笑った。大工の棟梁《とうりょう》だったひいじいちゃん。

洋子が五歳のときに亡くなった。ひ孫の洋子を、それこそ目に入れても痛くないくらいにかわいがってくれた。

「お前さんは、女優になりたいのかよ」

「うん。女優さんになりたい。芸能界で活躍したいの」

洋子が言うと、ひいじいちゃんは「そうか」と大きくうなずいてやさしく笑った。それから一転、真面目な顔をして、

「こんなところにいたんじゃ、女優になれないぞ」

と、ぴしゃりと言った。洋子は悩んだ。女優になれなくてもいいくらい、ここは気持ちがよかった。もう一生ここにいてもいいと思った。だってこんなに気持ちいい。

洋子はぼそぼそと、今思っていることを伝えた。

「くおらあっ！　お前はなにをつまらんこと言っとるか！　このアホンダラめが！」

ひいじいちゃんがたまに落とす雷は、昔からすさまじく怖かった。げんこつが飛んでくるかと思って、洋子は思わず身構えた。

「ここはお前のいるところじゃないんだ！　わかったか？　わかったならとっとと帰れ！」

洋子は仕方なくのそのそと立ち上がった。

「ねえ、ひいじいちゃんはここにいるんでしょ？　いいなあ、ずるいなあ。わたしも一緒にいたいなあ」

未練がましく言うと、ひいじいちゃんは、こぶしにハーッと息を吹きかけて、洋子の後頭部めがけてげんこつを落とした。

「いったあ!」

「痛いに決まっとる。痛いようにやったんじゃ。二発目をやられたくなかったら、ほら、とっとと行け。みんな待っとる」

洋子はしぶしぶ返事をして、ひいじいちゃんに手を振った。ひいじいちゃんはシッシッと追い払うような仕草をして、それから少し微笑んだように見えた。

「……ばいばい……ひいじいちゃ……」

点滴を換えようとしていた看護師は、洋子の口から漏れた言葉をはっきりと聞いた。

「柴田さん! 柴田洋子さん! 気が付きましたか!」

洋子の脳内に、看護師の鋭い声が響いた。もっとしずかに話して、と言いたかったけれど口に力が入らなかった。それからしばらくバタバタと騒がしい雑音が聞こえた。見慣れない天井が目に入った。腰や背中が痛かった。身体を思いきり伸ばしたかった。

「気が付きましたか、柴田さん」

白衣姿の男が、洋子の顔をのぞきこむ。このときはじめて、洋子は自分が病院にいることを知った。それから、ぶわーっと記憶が戻ってきた。

川でおぼれたのだった。つめたい水だった。流れが速いなあと思っていたら、いつの間にか方向がわからなくなった。岩にぶつかってバランスを崩し、そのまま水中で回転した。ああ、自分はおぼれたんだ、と今さらながらに驚愕《きょうがく》した。当たり前だ、泳げないんだから。

撮影はその後どうなったんだろう。スタッフや共演者のみんなに、大変な迷惑をかけたに違いない。

「監督は?」

と聞こうとしたけれど、うまく声が出なかった。医師とおぼしき白衣姿の男性が、無理しないように、と制した。

「四日間意識不明だったんですよ。実際、危険なときもあったんです。本当によかった」

医師の言葉と看護師たちの雰囲気で、これはかなり深刻だったのだと洋子は感じた。

翌日、家族との面会が許された。両親が涙を流す姿を見て、心から申し訳なく思った。

「そういえば、お花畑でひいじいちゃんに会ったよ」

洋子が言うと、母親は、毎日仏壇に手を合わせてひいじいちゃんの写真にお願いしてよかったと、声をあげて泣いた。

病室のテレビをつけると、ちょうどワイドショーをやっていた。『利根川の妖精』を歌っている数年前の自分が映っていた。それから、琢磨のインタビュー。そして、春日井監督への取材攻勢の様子。それから突然画面が途切れて、スタジオに。アナウンサーの女性が慌てた様子で、スタッフから受け取った原稿を読み上げる。

「速報です！　柴田洋子さん、意識が戻った様子です。洋子さんが入院中の病院前から中継が入ります」

病院が映り、イヤホンを耳にマイクを持ったリポーターが映し出された。

「ねえ、これってこの病院？」

洋子が母親にたずねると、顔をしかめながら「そうよ」と返ってきた。事故が起きてから の五日間、両親はすさまじいマスコミ攻勢に遭ったらしかった。父親は眉間にしわを寄せてテレビをにらんでいる。

「洋子さんの意識が戻られたとのことですが？」

スタジオの女性アナウンサーがリポーターに問いかける。洋子は、この悠木《ゆうき》かりんというアナウンサーが苦手だった。以前バラエティ番組にゲストとして出演したとき、収録中はすごく気さくで話しやすくて好感が持てたのだが、収録後に入ったトイレでいやな場面に遭遇した。

「柴田洋子って、あたし絶対売れないと思うな」

入って来るなり、悠木かりんは大きな声でそう言った。どうやら後輩のアナウンサーに話しかけているらしかった。洋子は個室トイレのなかで、じっと息をひそめていた。

「だって、ふつうじゃん」

後輩のアナウンサーが声をあげて笑う。

「スター性まるでないわよ。どこにでもいる十人並みの女。見てて、あと三ヶ月もしないうちにこの業界から消えるから」

洋子は気が動転して、思わずトイレットペーパーのホルダーを肘で触ってしまった。カランと音がして、二人のアナウンサーはそそくさと出て行った。

洋子は茫然《ぼうぜん》としていた。

ふつう。スター性まるでなし。十人並みの女。三ヶ月以内に消える……。

ショック。ひどい、ひどいよ、悠木さん。

しかし、それから三ヶ月後。洋子は、悠木かりんの言ったことは当たっていたと思い知ることになる。洋子は芸能界の表舞台から、見事に消えていたのだった。

その悠木かりんである。洋子は複雑な気持ちでテレビを眺める。中継のリポーターが、あとで医師たちによる会見があります、と早口で伝える。

「ありがとうございます。のちほど医師たちによる、柴田洋子さんの健康状態の発表があるとのことです。さて佐々木《ささき》さん、洋子さんの意識が戻られたそうですよ。よかったですねえ」

悠木かりんが、ゲストの俳優に話を振る。佐々木タケルという年配の俳優だ。洋子も何度か一緒に仕事をしたことがあり、その節は大変お世話になった。

「いやあ本当によかったよかった。このまま順調に回復してほしいよ。洋子ちゃんはすごく性格がいいんだ。きちんと挨拶するし、芯はしっかりしているし。他のかわいいだけのアイドルとは違って、なんていうのかな、こう、いい意味でまともっていうかね」

佐々木タケルは、物事をはっきりと言う男である。あらゆる世代に人気があって、俳優以外にもバラエティやワイドショーのゲストなど、テレビで見ない日はないくらいだ。

洋子は病室のベッドの上で、「佐々木さん、ありがとう」とつぶやいた。いい人だ。

「そうですか。まともな人って少ないですか」

笑いながら、悠木かりんが佐々木タケルに問う。

「ああ、少ないねえ。顔がかわいいだけじゃダメなんだよ。そんなのすぐに飽きられる。芯がなくちゃね。お茶の間の皆さんと共有できる、世間一般の常識というか感覚を持っていないとね。その点、洋子ちゃんは立派だよ」

佐々木さんが語る。洋子は病室のベッドの上で、手を組んで佐々木タケルに感謝する。

「佐々木さん。今のは決して、洋子さんの容姿がかわいくなくて、いわゆる十人並みの女の子、と言っているわけではありませんよね?」

悠木かりんが微笑みながら、佐々木タケルに振る。

「違う違う! 僕はそんなこと言ってるんじゃないよ。ったく、あなたはとても意地悪だなあ、まいっちゃうよ」

あっはっは、と佐々木さんが笑い、悠木かりんも声高に笑った。洋子は一気に心が冷えた。

チャンネルを替えた。そこでも洋子の話題だった。芸能情報を扱っている番組はすべて、洋子の意識が回復したことを伝えていた。

すごい、と洋子は思った。こんなふうにどこのチャンネルにも自分が映っているなんて。洋子は母親に頼んで、週刊誌や新聞を持ってきてもらった。どの媒体でも洋子のことは大きく取り上げられていたが、なかでも春日井監督に対する批判はすさまじかった。

洋子は、春日井監督が少々気の毒に思えた。あの人は、芸術家だから仕方ないのだと思った。ただ感情のおもむくままに、いい画《え》を撮りたかっただけなのだから。

医師団による会見が行われた翌日、春日井信之新介監督がお見舞いにやって来た。

「本当にすまないことをした。ごめん！　この通りだ、洋子ちゃん！　申し訳ない！」

春日井監督はその場で土下座をした。

「ご家族の皆様、誠に申し訳ありませんでした！」

そう言って、額をごりごりと床にこすりつけた。それから病室でおいおいと涙を流した。これには、怒ろうと思っていた母親も出鼻をくじかれたようで、涙と鼻水で顔中をびしょびしょにさせているみすぼらしい中年男を、苦虫をかみつぶしたような顔でただ見つめていただけだった。

洋子のほうは、そもそも怒っていなかった。責任は自分にあると思っていた。泳げないのにオファーを受けたのは自分だし、そんな自分を使ってくれたのは春日井監督に他ならない。

それに事故ネタとはいえ、悠木かりんに三ヶ月で消えると言われ、実際に芸能界から消えた自分がこうして連日ワイドショーをにぎわせているのだ。ありがたい話ではないか。

ああ、ありがとう、ひいじいちゃん。ひいじいちゃんが、あの世から追い返してくれたおかげだよ。洋子は、天国のひいじいちゃんに手を合わせた。それから改めて春日井監督の顔をまじまじと眺めた。

やっぱり似ている。ひいじいちゃんにとても似ている。

このとき洋子は、なにかしら運命めいたものを監督に感じたのだった。

退院した翌日、洋子は記者会見に臨んだ。体力は順調に回復して体調はすこぶるよかったし、入院中に体重が落ちて以前より顔の輪郭《りんかく》がくっきりしていた。そして、あの世を見たおかげなのか、なにか憑《つ》き物が落ちてまるで生まれ変わったかのように、やけに気持ちがすっきりしているのだった。

記者からのインタビューに、洋子はさわやかかつユーモアを交えて対応した。撮影時のことやおぼれたときの様子など、隠すことなくしゃべった。

アイドルと呼ばれる女の子が、こうも赤裸々《せきらら》に質問された事柄に自分の言葉で答えるということは、当時大変めずらしかった。なかでもひいじいちゃんとの対面の話は興味深かったようで、その後の仕事にも大いに役立った（オカルトやＳＦ番組、それ系の雑誌のコラムの依頼が殺到した）。

『利根川物語』は話題になり、撮影も続行されることになった。むろん洋子も撮影に挑んだ。さすがに川で泳ぐシーンはもうなかったけれど。

春日井監督は不起訴処分となった。

『利根川物語』は、不況の日本映画界で爆発的な大ヒットとなった。洋子がおぼれて意識不明になったというシーンがそのまま使われたからだ。宣伝は非常に効果的だったし、前評判もよかった。洋子が泳げないということは周知の事実だったから、その迫力たるや鬼気迫るものがあった。涙でむせぶ観客が続出した。

利根川を泳ぐという設定だったため、主人公のすみれを真似て、利根川を泳ぐ輩が出没し、ニュースで取り上げられるまでの社会現象となった。

柴田洋子は一躍有名人となった。洋子の女優根性に、日本国民は拍手を送った。

春日井信之新介監督も時の人となった。洋子が入院中はバッシングの嵐だったが、インタビューなどの受け答えをする春日井監督は当初の印象とは異なり、なんだか憎めない人物なのだった。

映画撮影時、熱いパッションを放出させメガホンを持つ監督と、スタジオで眠たそうな顔をしてとぼけた発言をする春日井監督とのギャップが、茶の間に受けた。批判は一気に応援へと変わった。

事故の件を聞かれると、春日井監督は、ぼさぼさの髪をわしわしとかき回しながら、「このたびはほんとに申し訳なかったです」と、そのつど土下座をした。洋子の母親は、「この人、土下座がよっぽど好きなのね」と、あきれて言うくらいだった。

以前より女子中高生から絶大なる人気をほこっていた琢磨は、『利根川物語』により、ファン層を広げた。老若男女が琢磨の演技をほめたたえ、洋子が意識不明のときに受けたインタビューでの真摯な態度が、容姿だけが取り柄の若者に対して、「人を見かけで判断してはならないのだ」と、食わず嫌いだった人々の心を悔い改めさせた。

洋子の仕事はみるみる増えた。その頃はちょうど、レコードがCD化される時期にあたり、洋子は新曲を次々とリリースし、ベストテン入りを果たした。その年には初出場歌手として、紅白歌合戦にも選ばれた。女優としてテレビドラマはもちろんのこと、クイズ番組やバラエティなどにもひっぱりだことなった。

そんなある日、洋子は春日井監督と琢磨と一緒に、ワイドショー番組に出演することになった。国民から大きな支持を受けている『利根川物語』の魅力について、ということだった。『利根川物語』は半年間上映され続け、いったん打ち切りとなったものの、ファンからの惜しまれる声により再度上映されていた。異例のロングラン上映だった。

そのワイドショーは、「三時に胸キュン」という、例の悠木かりんが司会を務める番組だった。洋子はあまり気が進まなかったが、断るのは、モットーである「仕事を選ばない」精神に屈することなので、本心を隠して引き受けた。

「おれ、悠木かりんって嫌いなんだよな」

出番待ちの控え室で、琢磨が言った。洋子は理由を聞いてみた。琢磨は二年ほど前に、女性アイドル歌手と手をつないでいるところをスクープされたことがあったが、そのときの記者会見で、ひどい質問を次々とぶつけてきたのが悠木かりんだったそうだ。

琢磨は当時のことを思い出すと、いまだに頭にくるようだった。

「世の中にはひどいこと言う人がいるからねえ」

春日井監督がぼそりと言った。映画を撮っているとき以外の監督は、本当に穏やかでのんびりした、ただの人の好いおじさんなのだった。

「今日のゲストは、『利根川物語』の春日井信之新介監督、主演のすみれ役の柴田洋子さん、すみれの恋人役の琢磨さんです」

悠木かりんに紹介された三人は、軽く頭を下げる。

「とてもお忙しいお三方がこうしてそろって出演してくださるなんて、本当にありがたいです。ものすごい競争率をかいくぐって、『三時に胸キュン』に来ていただいたんですよね。今日の視聴率は過去最高になるかもしれませんよ」

からからと悠木かりんが笑う。琢磨は仏頂面で、監督はぼけっとしている。洋子だけが仕方なく追従《ついしょう》笑いをした。

悠木は、本当だか嘘だかわからないが『利根川物語』を三度観たと言った。すばらしい映画です、と大げさにほめちぎった。

「田舎のダサい女の子が、大都会東京を目指して利根川を泳ぐ。この単純明快でいて、究極の青春映画。観る人すべてに夢と希望を与えてくれます」

琢磨と監督がなにも言わないので、洋子が「はあ」と答えた。

「撮影時、川でおぼれてしまった洋子さんですが、その件で監督を恨んだり憎んだりはしませんでしたか」

洋子はその聞き方に多少の違和感を覚えた。琢磨が「ほら、みろよ」的な視線を送ってくる。

「あはは、恨むわけないじゃないですか」

洋子は明るく答えた。

「『利根川物語』に主演させていただいて、本当に感謝しています」

「でも、あのまま意識不明だったら、もしかしたら、命に関わったかもしれないんですよ。そのへんはどう思いますか」

悠木がにこやかに微笑みながら、質問を続ける。

「……今はこうして元気でいますので」

「あれ？　春日井監督、今日は土下座しないんですか？　監督の土下座を見たいから、この番組を見てくれている視聴者の方も多いと思うんですけど」

「もうすっかり洋子ちゃんも許してくれたしね。それに、土下座はみなさん、もう見飽きたでしょ」

「あらあ、残念ですね。今日は土下座はないようです」

悠木があっさりまとめた。

「女性に大人気の琢磨さん。撮影時の秘話などありましたら教えてください」

悠木がとびきりの笑顔を琢磨に向け、琢磨は、職業的な笑顔を貼り付ける。

「『利根川物語』に賭ける春日井監督の情熱はすごかったです。どのシーンでも、最高のものを作り上げたいという熱意が伝わってきて、演技をするこちらも刺激を受けました」

琢磨がはきはきと受け答える。

「そうですか。あれっ？　でも洋子さんが意識不明のときは、琢磨さん、監督を大変強く批判してましたよね？」

琢磨のまわりの温度がサーッと低くなったのを感じ洋子はひやひやしたが、琢磨は職業的アイドル笑顔を作ったまま、

「そんな意地悪な質問しないでくださいよ」

と、おどけた。監督が横から、

「あれは僕の不注意ですから。琢磨が言うのももっともですよ」

と、やんわり受ける。洋子は、琢磨と監督を尊敬の面持ちで眺めた。

「洋子さんは、この映画で見事カムバックを果たしたわけですが、映画に出演される前までは、ほとんど芸能活動をしていませんでしたよね。生き馬の目を抜く芸能界で、地獄と天国を味わったわけです。あ、天国というと、べつの意味でも天国を見たんでしたよね。意識不明のときに、お花畑でひいおじいさんに会われたとか」

ひいじいちゃんの話を聞きたいならば、それだけを最初から言えばいいのに。その前フリはいらないだろう。

おもしろくはなかったけれど琢磨を見習って、洋子も無理やりの笑顔を貼り付け、あの世を見たという、これまで何度も繰り返した話を再度、おもしろおかしく話した。

その後も、悠木のぶしつけな質問に三人は耐え、つつがなくインタビューも終了しようとしていた。

「では最後に。恒例となっているイニシャルトークです。この芸能界でいちばん嫌いな人をイニシャルで教えてください」

ぴんぴろぴぃー。

質問の内容とはうらはらな、軽快すぎる電子音的な効果音が鳴り響いた。

「このコーナー、ご存知ありませんか？」

悠木の問いかけに、三人は首を振った。

「今月からはじまったコーナーなんです。これがまた大評判！ ゲストの方に、もっとも嫌いな芸能人を一人、イニシャルで教えてもらうんです。さしつかえなければぜひ教えてください」

「さしつかえありますよ」

琢磨が職業的アイドル笑顔で言った。

「イニシャルだけなので、わかりませんよ。お茶の間の皆さんは、そのイニシャルで、いろんな想像をするんです。視聴者の方たちへの話題提供はわたしたちの義務ですからね。これまでのゲストの方たちは、気持ちよく教えてくれましたよ」

そう言って、悠木がパネルを取り出した。今月のゲストの十三人分が言ったイニシャルが一覧になっており、その横に「演歌歌手」「大物俳優」「舞台女優」など、イニシャルの人物の職業と思われる区別が書いてあった。

「本気でいいんですか」

と、口を挟んだのは春日井監督だった。

「では、わたしから言いましょうか」

悠木は、ありがとうございます！　と顔を輝かせた。

「はい、では、嫌いな芸能人のイニシャルをお願いします！」

ここでまた先ほどの効果音が鳴った。

ぴんぴろぴぃー。

「Y・Kです」

相変わらず眠たげな表情で、口調だけははっきりと監督が言った。

「ありがとうございます。Y・Kですね。ちなみに、この方の具体的な職種を教えていただけますでしょうか」

「いいですよ、言いましょう。女性アナウンサーです」

春日井監督が言った。悠木は、ありがとうございますう、と大げさに頭を下げている。

洋子と琢磨は瞬時に顔を見合わせた。

「では続いて琢磨さん、教えていただけますでしょうか。監督が先陣を切ってくださったので、言いやすいかと思います」

ぴんぴろぴぃー。

「Ｙ・Ｋです」

「具体的な職種は」

「女性アナウンサーです」

ありがとうございますぅ、と悠木が誇らしげに礼を言ったところで、はたと目を丸くする。

「あらやだ。女性アナウンサーでＹ・Ｋって、わたしと一緒だわ」

監督も琢磨も知らん顔をしている。

「はい、では、最後に洋子さん。嫌いな芸能人のイニシャルをお願いします！」

ぴんぴろぴぃー。

「Ｙ・Ｋさんです。同じく女性アナウンサーです」

洋子が言ったとたん、悠木の顔が固まった。そのまま時間となり番組は終了した。

放送終了後、局の電話はパンク寸前だったらしい。内容は「Ｙ・Ｋというのは、悠木かりんのことか否か」というものがほとんどだった。翌日のスポーツ新聞でも他局の情報番組でも、「三時に胸キュン」のイニシャルトークの話題で持ちきりだった。渦中の「三時に胸キュン」では一切この件には触れずに、嫌いな芸能人をイニシャルで答えるというコーナーも消えていた。

『利根川物語』が勢いに乗っているときだったし、洋子も琢磨も春日井監督も人気の只中にいた。よって、世間は三人の味方だったし追い風だった。

災難だったのは悠木かりんで、彼女の好感度は一気に下がった。毒舌が売りだったが、それがあだとなった。これまで我慢していた芸能人たちが、『利根川物語』の三人に触発されてか、我先にと悠木にされた仕打ちをばらしていったのだった。ついには暴露本まで出版された。

琢磨はざまあみろと笑い、洋子もほとんどの部分では自業自得だと思うことにした。多少の良心の呵責《かしゃく》はあったけれど、これも世の流れだと思った。

春日井監督に、なぜY・Kと答えたのか？　と尋ねたところ、

「なんだかさー、ちょっと意地悪したくなっちゃってさあ」

と、ふぁっふぁっふぁと笑った。素敵な人だ、と洋子は思った。

ある日洋子は、春日井監督と食事に行くことになった。次回作の打診だった。もちろん洋子は快く引き受けた。

その席で春日井信之新介監督は、思いもよらなかったことを洋子に打ち明けた。

「実はぼく、ずっと洋子ちゃんのファンだったんだよね。洋子ちゃんに会いたくて仲よくなりたくて、『利根川物語』を作ったんだよう。もとは、ただの口実だったんだあ」

辛子レンコンをつまみに芋焼酎を飲みながら、監督がとつとつと話す。

「もちろん撮影のときは、不謹慎な気持ちなんてまったくなくて、いい映画を作るのに必死だったんだけどさあ」

洋子は、よくわからないまま「はあ、はあ」とただうなずいていた。

「好きなんだよなあ、これがさあ」

頬が赤いのは酔ったせいなのか、照れなのかわからなかった。

「おぼれさせて、ひどい目に遭わせちゃったし、男のぼくがその責任をとらなくちゃいけないからね。洋子ちゃんをキズものにしちゃったわけだし」

春日井監督がなにを言いたいのかよくわからず、洋子は曖昧《あいまい》にうなずいていた。

「あのね、だからさあ、ぼくとの結婚を考えてくれないかなあ」

いきなりのプロポーズなのだった。このタイミングで、なぜにいきなりプロポーズなのか。洋子は思わず吹いてしまった。

そのときふいに、なにかの気配を感じた。春日井監督の背後に、なにやら人影が見える。

「いいじゃないか、洋子！」

ひいじいちゃんだった。ひいじいちゃんが、春日井監督のうしろで手を叩いて喜んでいるのだった。洋子はすっかり観念した。

「いいですよ」

自分でもなにがなんだかわからなかったけど、洋子はこれでいいような気がした。胸がほくほくとしていた。

春日井監督と洋子の結婚は、またまた日本中を驚かせた。世間はその話題で持ちきりとなり、披露宴の様子がテレビ中継された。ファンは心から祝福した。

これが、今から二十年ほど前のお話だ。結婚後、洋子は、柴田洋子からアマリリス洋子へと芸名を変え、ますます活躍することとなる。男の子にめぐまれ、それを機に子ども向けの番組にも多数出演するようになり、アマリリス洋子はまさに国民の顔となったのだった。

信之新介と洋子は、今でも仲むつまじく暮らしている。

菊《きく》ちゃんの涙

名前を呼ばれたとき、山田菊枝《やまだきくえ》は屋上でたばこをふかしていた。屋上は立ち入り禁止だったから、菊枝は一瞬、決して大げさではなく飛び上がってしまったが、振り向いて声の主を確認したとたん脱力した。

「なんだ、川瀬《かわせ》か」

菊枝は吐き捨てるようにつぶやいて、たばこの煙を思い切り吸い込んだ。

六階建てのビルの屋上から見る町並みは、菊枝が過去に知っていた都会に比べると、かなり牧歌的だ。東側に見える海。北側の山々。中央を流れる川。緑の多い道。点在する家々。春の空気はまだまだ冷気を含んでいる。屋上の風はなおさらだ。

「山田さん」

面倒なので聞こえない振りをする。

「山田さん、山田さん。すみません、山田さん」

菊枝は足元に投げ捨てたたばこをヒールの爪先で踏みつけ、たっぷりと時間をとってから振り向いた。

川瀬一太《いちた》。二十二歳。新入社員。中性的な男子が多い昨今、今どきめずらしいチャウチャウ犬顔。多くて硬そうなまっすぐな短髪は、額が狭いせいかうっとうしく見える。この風貌で格闘技でもやっているのなら印象はぐっとよくなるけれど、運動は一切ダメというから致命的だ。顔ばかり大きくて身体は痩せている。二の腕やふくらはぎなどは、菊枝よりも細いかもしれない。

「あんたさー、少しは身体鍛《きた》えれば？　ガッチリタイプになれば、チャウチャウ顔とのバランス取れるって」

菊枝のぶしつけなアドバイスに、川瀬は「そうかもしれません」と神妙に相槌を打った。そのまま何事もなく通り過ぎて行こうとする菊枝を、川瀬は慌てて呼び止める。

「すみません、山田さん」

「だから、なんだっつーのよ」

春の水色の空。さえぎるものがなにもない空は、広く大きい。菊枝は腕を伸ばして背筋を伸ばす。

「っつ……」

わき腹がつりそうになった。

「山田さん」

「さっきからなんなのよ。とっとと用件言ってよ。あんたのせいで筋違えたじゃない。ああ、痛い」

眉間にしわを寄せてにらむと、川瀬はわき腹の筋を違えさせたことを謝り、それからおずおずと「午後は、なにをしたらいいでしょうか」と、菊枝にたずねた。新入社員の川瀬は、このひと月ほど菊枝について仕事を覚えることになっていた。

大きなため息をつきながら、どうやってこの新人を追っ払うかを、菊枝が頭のなかでめまぐるしく考えていると、川瀬一太が、

「それと、市川《いちかわ》社長が呼んでいました。大至急とのことです」

と付け足した。

「は?」

「市川社長がお呼びです」

「なんでそれを先に言わないのよっ!」

いそいでかけ出した二歩目でよろめいた。段差に足をとられ、老朽《ろうきゅう》化したコンクリートの溝に左足がはまってしまった。見るとハイヒールのかかとがぽきりと折れている。

「へえ、ハイヒールって、こんなふうにきれいに折れるもんなんですね」

川瀬が感心したようにうなずいている。

「あんたの仕事は、今すぐこのハイヒールとかかとを持って、靴屋に行って修理してくることよ！」

菊枝はそう言ってハイヒールを川瀬に押し付けた。

「ついでに磨いといて！」

菊枝が怒鳴るように言うと、川瀬は「わかりました」と頭を下げた。


「遅かったね」

「すみません」

「あれ、なんだか小さくなった？」

菊枝はハイヒールを履いていなかった。市川は、菊枝の足元の理由については言及せず、本題に入った。

「昨日訪問したサイトウ精肉店へのクレームの件だけど、あれ、記事にはできないから」

菊枝が書いた原稿を掲げて、市川が言う。

「なぜですか！」

「そりゃあ、今後のうちの経営に関わってくるからに決まってるだろう。サイトウ精肉店さんはわが社にとっても、大切なお得意様だからな」

「そんな！　だって読者から数十通も投書が届いてるんですよ。サイトウ精肉店で購入したメンチやコロッケのなかに、不衛生なものが混入してたんです。消費期限も改ざんされていました。消費者にとっては一大ニュースじゃないですか！」

社内のみんなが耳をそばだてている。

「昨日の取材だって、サイトウさんは快く引き受けてくれたんです。正直にいろいろと話してくださって、消費者の皆さんのご意見に心から陳謝していました。サイトウ精肉店にとってはマイナス面ばかりじゃないと思います。真摯な態度が好感を呼ぶかもしれません！」

菊枝が大声で言うと、市川は、それでもダメなもんはダメだ、と半笑いで答えた。

「消費者の味方になりたいんです！　事実は事実です！」

市川は腕を組んで椅子の背にもたれ、ほうっ、と声を出した。

「市川社長！」

菊枝が机に手を置いた瞬間、市川が勢いよく立ち上がった。

「ばかやろうっ！　こんな小さいタウン誌で消費者の味方もクソもあるかっ！　うちは顧客の広告料で食ってんだぞ！　お前の給料は、サイトウ精肉店さんの広告料から出てるんだ！　頭を冷やせ！　勝手な取材しやがって！」

市川の唾が菊枝の頬に飛んだ。

「顔を洗って出直してこいっ！」

市川の怒鳴り声に、小さな事務所は水を打ったようにしずまり返った。


菊枝は四杯目のコーヒーを飲んでいた。ファミレスの喫煙席でほとんど立て膝のような格好でたばこを吸いまくり、コーヒーをがぶ飲みした。

一大スクープだったのに！　菊枝はくやしくてくやしくて、いっそ泣いてしまいたい気分だった。

「冗談じゃないわよっ」

菊枝と同年代のウエイトレスが来て、「おかわりいかがですか」と菊枝にたずねた。

「いただくわ」

菊枝はカップを差し出し、砂糖とミルクを入れて五杯目のコーヒーに口をつけた。ウエイトレスは山になった灰皿も取り替えてくれた。

それにしても！　本当にムカつく！　市川のバカヤローめ！　タウン誌だからこそ、消費者の味方になるべきじゃない！　店の宣伝ばかりのタウン誌なんて、それこそクソじゃない！

「ああ、頭にくるったらない！」

菊枝はさっきからしつこくかけている川瀬の携帯に、再度電話を入れる。ハイヒールを履いていないせいで、ストッキングは伝線しまくりだ。

――おきゃくさまがおかけになったでんわばんごうは　げんざいでんぱがはいらないばしょにあるか　でんげんがはいっておりません　しばらくたってからおかけなおしください――

「もうっ！」

力任せに電源を押す。菊枝は仕方なく、破けたストッキングのままトイレに向かった。さっきのウエイトレスが、びっくりしたような顔で菊枝の足元を見ていた。

かつて全国的に有名だったアナウンサー、悠木かりんは、ある騒動により芸能界を干され、地元に戻ってきたところを高校時代の先輩である市川に拾われた。

現在は「悠木かりん」という芸名から、本名である「山田菊枝」に戻し、小さなタウン誌『ひだまり月報』で営業記者として働いている。かつてに比べると、さまざまな面が大幅に目減りしていた。収入、知名度、若さ、体力。増えたところと言えば、体重としわと白髪くらいだろうか。

菊枝と市川は、高校時代に付き合っていたというひそかな経歴がある。市川は放送部の先輩だった。付き合いは、市川が東京の大学に行ったあたりで自然消滅となったが、それ以後もほそぼそと連絡は取り合っていた。テレビ局を辞め、地元に戻ってきた菊枝に声をかけてくれたのも、そういう縁からだった。

「ったく！」

菊枝は吸い終わったたばこを灰皿にねじこみながら、昔、市川が言った言葉を思い出して憤慨《ふんがい》する。

——おれ、将来は報道の仕事に携《たずさ》わりたいんだ——

十七歳の市川は、少年らしい笑顔でそう言ったではないか。

——正義を貫く仕事をしたいんだ——

二十四歳の市川は、希望に満ちた生意気な表情でそう言ったではないか。

——小さなタウン誌だけど、会社を立ち上げたんだ。町の味方になって活性化させたいんだ——

三十三歳の市川は、穏やかな笑みを浮かべてそう言ったではないか。

うそばっかり！　結局市川は、どこにでもいるようなつまらない人間だった。変化を嫌い、なにごとも穏便《おんびん》に済ませようとするただの中年男に成り下がっていた。

菊枝は歯がゆかった。市川の青臭い言葉は、菊枝の支えでもあった。テレビにこだわっていたのは、正義を公の場で追求したいという気持ちが根本にあったからだ。それは今でも変わらない。理想はいつだって胸のうちにある。

確かにこんな小さな町のタウン誌で、地元の精肉店の些少《さしょう》な事実を暴くことが本当に正しいのかと問われれば、答えは「否」かもしれない。でも！　それを見過ごしていいのだろうか。見過ごしたら、自分の存在意義はシャボン玉のように消えてなくなるのではないだろうか。

「くそっ！」

と、宙に向かって言ったところで、「山田さーん」と声がした。見ると目の前に、川瀬が突っ立っていた。

「ちょっとあんた！　今までどこに行ってたのよ！　遅すぎるでしょ！」

すみません、と川瀬は、ちっとも「すみません」ではないふうに言った。

「靴屋さんが混んでたんで、その間に本屋さんに寄って時間つぶしてたらハマッちゃって。やっぱり時刻表見るのってたのしいですねー。なんだか生き返ったような気がします。かえってありがとうございました」

菊枝は川瀬の手から紙袋を奪い取り、ハイヒールを履いた。それからトイレで予備用のストッキングにはき替えた。

席に戻ると、川瀬があんみつパフェを食べていた。菊枝は仁王立ちのまま、店内にいる人全員に聞こえるようなため息をついた。

「ねえあんた、なに食べてんの？　仕事中でしょ？」

「ああ、そうですよねえ。でもせっかく注文したんで、もったいないから食べちゃいますね。これもエコですから」

まるで悪びれる様子がない。菊枝は再度ため息をつく。

「で？」

菊枝の簡潔な問いに、川瀬が首を傾げる。

「で、あんたはいったいなんだって時刻表を調べる必要があったわけ？　そのせいで遅くなったんでしょ」

川瀬は、質問の意味がまるきりわからないというふうに目を丸くしたあと、ああ、と膝を打った。

「魂の洗濯です」

「たましいのせんたくぅ⁉」

菊枝の顔がひきつる。

「仕事への原動力と言っていいかもしれません。山田さんのたばこと同じだと思います」

こいつ、時刻表系の鉄男だったのか。あきれてものが言えない。

「先行くから」

菊枝は、自分のフリードリンク代三百五十円をテーブルに乱暴に置いた。

「ちょ、ちょっと待ってくださいよう。いそいで食べちゃいますから」

「そこで一生食ってろ!」

菊枝は足早に店を出た。

会社に戻る気にはとうていなれなかった。そろそろ終業の時間だし、いそぎの案件もない。菊枝は、サイトウ精肉店に寄ることにした。ただの様子見だ。記事のことを蒸《む》し返すつもりはない。

「こんにちは」

愛想よく店に入った菊枝を見て、店主の斉藤《さいとう》氏は顔色を変えた。が、すぐさま営業スマイルを作り、こりゃどうもですと頭を下げる。

「このたびは、いろいろとご迷惑をおかけ致しました」

菊枝は深々と頭を下げた。

「いえいえ、こちらこそ、ねえ、まったくねえ、何度もご足労頂いたのにねえ」

バーコード頭を衛生帽で隠し、いかつい顔でかた太りな体型の店主は、その風貌《ふうぼう》には似合わない口調でやんわりと言った。

「あの、すみません。今回のこと、どのような経緯だったのでしょうか」

菊枝は店主の物腰のよさに調子づき、思い切ってたずねてみた。

「いやあねえ、いろいろとねえ」

店主はごにょごにょと言葉をにごした。

「市川がこちらにお邪魔したのでしょうか」

「いやあねえ、ははは、まあそのへんは、ねえ、ははは」

菊枝は真意をつかみかねた。

「いらっしゃいませえ」

そばにいた奥さんが大きな声を出し、振り返ってみると、お客さんが二人店に入ってきたところだった。

「すみませんけれども仕事にさしつかえるもんで、もうよろしいですかねえ？　忙しい時間になりますもんで」

夫と同じく血色がよく、人の好さそうな奥さんが、ぺこぺこと頭を下げる。

「あ、ごめんなさい。お邪魔でしたね」

菊枝は礼を言って店を出た。お客さんの前で話すことはできない。自動ドアを出るときに振り返ると、店主も奥さんも菊枝に向かって深々と頭を下げていた。

いい人たちだと菊枝は思う。少し時間を置いてあとでもう一度寄ってみようと心積もりし、近くの八百屋に行った。

小さな商店街の中央に位置する八百徳《やおとく》は、夕餉《ゆうげ》の買い物をする奥さん連中でにぎわっていた。ここは情報の発信地でもある。お客さんたちの会話に耳を澄ませていると、この町のおおよそのことはわかってしまう。

菊枝は店先に置いてある野菜をさりげなく見ながら、聞き耳をたてた。最初にサイトウ精肉店のメンチやコロッケの噂を聞いたのも、この八百徳だった。

「ほら、四丁目の相田《あいだ》さんち。息子さんが行方不明だったでしょ？　それがさあ、先週突然帰ってきたらしいのよお。なんでも外国を放浪してたらしいの。もう四十過ぎでしょ？　仕事もないし。今さら、ねえ、困っちゃうわよねえ」

「あとさ、ほら南中学校の校長！　なんてったっけ。前に『ひだまり月報』に載ってたじゃない」

ひだまり月報と聞いて、菊枝の耳はダンボ級になる。

「あの校長、イボ痔なんだってさ。近所の人が校長の奥さんの知り合いで、病院に勤めてるから教えてくれたのよ。校長先生、相当ひどいらしくて、今度手術するらしいわよ。気の毒よねえ。うちの旦那も昔やったからよくわかるわー」

なんだ、イボ痔か。これは使えない。

「魚元《うおげん》さん、魚を駅前の割烹《かっぽう》料理屋におろしてたじゃない？　なんかもめたらしくって、取り引きしなくなったらしいのよ。で、今度は魚政《うおまさ》さんだって。魚元さんと魚政さんって兄弟同士じゃない。これはちょっと問題よねえ」

ふうん。へえ、そうなんだ。今後の動向がちょっと気になる。

「そうそう、それとサイトウ精肉店さん！　あそこさ、どっかの記者が調べてたのよ。知ってる？」

菊枝はどきっとした。記者というのは自分のことだろうか。

「なんか、問題あったらしいのよ。メンチの中身が、牛肉よりも豚肉のほうが多かったとか？　九割が牛肉です、って書いてあるけど、どうやら嘘だったみたい」

ふむ。消費期限のこととか異物混入の話は出ないのかな。

「あっ、そうそう！　悠木かりんって知ってる？」

びくんとかすかにのけぞった。菊枝自身、ひさしぶりに聞く名前だ。

「誰それ？　聞いたことないわ」

「ほらあ、『三時に胸キュン』の司会やってたアナウンサー、昔いたじゃない」

「ああ！　思い出した！　そうだった、悠木かりんね！　みんなに総スカン食らった、あの底意地の悪い！」

「そうそう、その悠木かりん！　さっきのサイトウ精肉店さんに取材行ったのって、悠木かりんなんだって！」

菊枝は、顔が見えないようにさりげなく移動した。

「ええ!?　そうなの！」

「なんでも『ひだまり月報』に悠木かりんがいるんだって。でも今は本名に戻してるって言ってた。山田とか吉田とか、平凡なダサい名前よ」

「ほんとに『ひだまり月報』で働いてるのお!?　じゃあ、この辺に住んでるってこと？」

「そうそう、それでさ。サイトウさんちに、その山田だか吉田だかが取材に来たんだって。で、そのときの対応がものすごく横柄《おうへい》で、かなりひどかったらしいの。帰りも物欲しそうにして、結局牛肉のいちばんいいところを持っていったらしいわ」

声をあげたいのを菊枝は必死でこらえた。懇切丁寧に取材したし、もちろん牛肉なんてもらっていない。

「もうさんざんだったらしいわ。サイトウさんの奥さん泣いてたもの。記事もデタラメらしいのよ。ご主人も困り果てちゃって、警察に届けを出したいくらいだって言ってた。最低の女らしいわ」

「芸能界干されてもまだ性格悪いなんて、相当なひねくれものだねえ。サイトウさんとこも大変だったわねえ」

「で、笑っちゃうのはさ、『ひだまり月報』の編集長とその女がデキてるらしいの。サイトウさんが、これはあんまりだってことで『ひだまり月報』に電話入れたら、編集長とやらがすっ飛んできたらしくてさ。そのときの様子でピンときたんだって。ああ、これはデキてるなって」

　大きな笑い声がはじける。

「嘘言ってんじゃないわよ！」

と、怒鳴りたかったけれど、菊枝は歯を食いしばって我慢した。

「なんかおもしろそうね。わたし、これからお肉買いに行くから、詳しいこと聞いてみようかな。悠木かりんが今、どんな顔になってるか興味あるじゃない。昔はちょっときれいだったけど、あれから十年は経つでしょ？」

「十年どころじゃないわよう！」

誰かが言って、また爆笑。なにがそんなにおかしいのか。

「でもさ、芸能人って言っても、今となっちゃ『ひだまり月報』だもんね。うちの娘が学生時代あそこでバイトしてたわよ。時給が安いって嘆《なげ》いてた。あ、そうそう、バイトって言えばさあ、息子が新しくできた駅裏のディスカウントストアで働き出したのよ。割引券くれたから今度一緒に……」

菊枝はそのまま、さりげなくフェイドアウトした。早足で歩き出し、たばこに火をつけて猛然と帰路についた。ったく、冗談じゃない！　サイトウ精肉店め！　人の好さそうな顔をして、とんだ食わせ者だ！　すっかり騙された！

夕食の買い物をしそこなった菊枝は、結局マンション近くのコンビニで弁当と缶ビールを買うこととなった。

スーツを脱ぎストッキングをはぎとり、三万円以上した補正ブラジャーをひんむき、これまたけっこうな値段の補正パンティ一枚になる。暦はすっかり春だが、夜はかなり冷え込む。

Tシャツとスウェットの上下に着替え、菊枝は一気に弛緩《しかん》する。ソファーに腰かけて、いつもの癖でテレビをつける。缶ビールのプルタブを開ける。コンビニから帰宅するまでの時間で、少しだけ常温に近づいたビールがうまい。歳をとったせいか、最近はきんきんに冷えた飲み物を飲むと、てきめんに胃が痛むようになった。買ってきた幕の内弁当を広げる。まだほのかにあたたかい。

菊枝は幕の内弁当を咀嚼《そしやく》しながらビールを飲み、次々と流れるテレビ画面を見るともなく眺めた。

あたしって、どうやって死ぬんだろう……？

ふとそんなことを思った。このまま結婚しないで独りで生きていって、終末はどうなるのだろう。貯金もさしてないし頼れる人もいないし。特養に入って、ひっそり死んでいくのだろうか？

菊枝はぶるるんと頭をふる。ばからしい。そんなことを考えるのはやめよう。両の頬をぱちんと叩き、ちょっとだけセンチになった自分を戒《いまし》める。

「あっ」

テレビにアマリリス洋子が映っていた。菊枝は一気に覚醒《かくせい》する。アマリリス洋子がクイズ番組の解答者席に座っている。アマリリスという突拍子もない名前も、今となっては誰ひとりとして訝《いぶか》るものはいないほど、全国的な顔となっている。

菊枝の脳裏を、あきらめと羨望と多少の後悔が横切ってゆく。毎日のことだ。テレビに見知った顔が映るたびにその感情がよぎる。チャンネルを替える。琢磨主演のドラマだった。チャンネルを替える。バラエティ番組に俳優兼タレントの佐々木タケルが出ていた。

あの頃、懇意《こんい》にしてくれた人たちは、「悠木かりん」の人気が下火になったとたんに、きれいさっぱりと離れていった。そういうものとはわかっていたけど、実際自分の身に起こると、かなりな衝撃だった。気の強い菊枝でさえ、なんらかの精神的な病に冒《おか》されそうだった。


そもそも菊枝は、学生時代はどちらかというと目立たないほうだった。就職活動では、すべての局アナ試験に落ちた。けれどアナウンサーになる夢をあきらめきれず、菊枝は小さな事務所に所属し、毎日のように営業に出た。なんとかレンジャーショーや、田舎の結婚披露宴、こわもてのお兄さんたちの宴会の司会。正義という理想があったから、苦ではなかった。

あるとき、声をかけられた。何度か会ったことのある佐々木タケルだった。

「きみさ、もっと毒を出したほうがいいよ。芸能界というのは個性がないと生きていけない世界なんだ。人と違ったなにかを持ってなきゃ仕事は来ないよ」

そうアドバイスしてくれた。菊枝は納得した。夢のためだ。菊枝は自分のなかにある黒い部分を全面的に押し出すようにした。最初は難しかったけれど、慣れてくると簡単だった。これまで隠すようにしていた毒を吐き出せばいいだけだった。言うなれば、自分の心に素直に正直になればいいだけの話だった。遠慮はいらなかった。ときには言い過ぎたと思うこともあったけれど、お客さんや視聴者は喜んでくれた。

やりすぎたのかもね。

菊枝は思う。佐々木タケルのことは恨んでいない。むしろ感謝している。いっときであろうとも、夢が叶ったのだから。

テレビの電源を切ろうとしたところで、電話が鳴った。家の電話にかけてくるのは、身内くらいしかいない。親戚関係の誰かが倒れたとか死んだとか、そういう連絡かもしれない。

「もしもし」

「あ、もしもし、菊ちゃん?」

この声誰だっけ?　と正体を思い出す前に、「おれ、和哉《かずや》だよ」という声がかぶる。

「あら、和哉。ひさしぶりじゃない。こんな時間にどうしたのさ、いったい」

和哉というのは、兄の息子だ。確か高校二年生。

「おれ、家出したんだ。今から菊ちゃんのところに行ってもいい?」

菊枝は絶句した。それから慌てて首を振る。

「なに言ってんの、だめよ。家に戻りなさい。みんな心配してるわよ」

うちに来るなんて冗談じゃない。

「大丈夫。菊ちゃんちに行くって、もう言ってあるからさ」

「はあ?」

「ってか、もう菊ちゃんちのマンションの前なんだけど。ロックかかって開かないんだ。開けてくれる? あ、それとあとでいいから携帯番号教えて。菊ちゃん、番号変えたでしょ。あっ、今、人が来た。あ、ドア開いた。じゃ、今からそっち行くからね……」

最後のほうを小声で言いながら、電話はぷつんと切れた。呆然としている間に部屋のチャイムが鳴る。インターフォンの画面を見てみると、しばらく見ないうちに雰囲気が変わった和哉がアップで映っていた。

「菊ちゃーん。開けてー。かわいい甥《おい》っ子が来たよー」

菊枝は手のひらで額を押さえる。うそでしょ! 信じられない、なんなのこの展開は!

「早く開けてよー。菊ちゃーん」

「うるさいっ」

怒鳴りながらドアを開ける。すぐに閉められるとでも思ったのか、和哉は足を即座に入れ身体を斜めにさせて、侵入してきた。

「お世話になります！」

大きな荷物をどすっと置く。

「なによ、お世話になりますって。こっちは了解してないわよ。冗談じゃない」

「まあ、そうヒステリックにならないでちょうだいよ」

悠長に和哉が言う。

「あ、ビール飲んでたんだ。いいなあ。おれにもちょうだい」

「あんた未成年でしょ」

「腹減ったし」

「知らないわよ」

我がもの顔でソファーにでんと座っている甥を、菊枝はじっくりと眺めた。いつのまにこんなにでかくなったんだろう。

「あっ、やだ、なにあんた。ひげなんて生やしてるの？」

あごのところに、密度の少ないひげがひょろひょろと伸びている。

「いかす？」

そう言ってなにやら妙な決めポーズをとる。

「とにかく！　うちはダメだから！　そもそも学校でしょうよ、ったく」

変わらずにやにやしている甥をとりあえず放ったままにして、菊枝は早々に就寝した。


「昨日サイトウ精肉店さんに、顔を出したそうだな」

出社直後、市川に応接室に呼ばれ、いきなりそう切り出された。

「サイトウさんなあ、お前に悪いことしたって言ってたぞ」

「ほら、やっぱ……」

「うるせえっ！」

聞き慣れた怒鳴り声だけど、至近距離で恫喝《どうかつ》されると、やっぱりびくっとしてしまう。

「お前はそういうところがダメなんだ。もっと謙虚になれ。もっと空気を読め。思いやりを持て。サイトウさんが気を遣ってくれてるのがわからないのか。怒りたいのを我慢して、そう言ってくださってるんだぞ。もっと大人になれ」

「だけど……」

「ほら、すぐそれだ。言い訳するな」

言いたいことは山ほどあったが、菊枝は口をつぐんだ。思ったことをストレートに言葉にする悠木かりんのスタイルは、今となっては菊枝という人間を構成する主要部分になっていた。

「まあいい、とにかく座れ」

市川はそう言っていったん応接室を出て行き、数分後コーヒーを持って戻ってきた。

「まあ、飲め」

会社に置いてある菊枝専用のカップだった。ひと口飲んだ。ミルクたっぷりの、菊枝好みの甘いコーヒーだった。市川が食器棚から菊枝のカップを取り出し、ミルクと砂糖を適量入れてくれたと思うと、妙な気分だった。

「うまいだろ」

菊枝はうなずく。人にいれてもらうコーヒーはおいしかった。昨日からの二日間で、ようやく人心地ついた気がした。

「なあ、菊枝」

姓じゃなく名前で呼ばれて、菊枝は驚く。社内で下の名前で呼ばれたことは、これまで一度もなかった。

「お前、テレビの世界に戻りたいか」

すぐには言葉が出てこなかった。テレビの世界に戻ることは心のなかでずっと考えていたことだった。あの日から、毎日ずうっと。

「こないだケーブルテレビの知り合いに会ったんだ。久世《くぜ》さんだよ、覚えてるだろ」

よく覚えている。キー局の仕事をおろされたあと、地元のケーブルテレビにお世話になっていた時期があった。リポーターや司会などしばらくやらせてもらったけれど、視聴者からの反応が思わしくなく、結局その仕事もだめになったのだった。当時、久世さんだけが菊枝の味方をしてくれた。

「もう、そろそろいいんじゃないかって。視聴者も逆に懐かしく思うんじゃないかってさ。今の若いリポーターは優等生すぎて面白みがないんだと。顔も化粧もみんな同じで、区別がつかないんだとさ」

願ってもない話だった。でも、自信がないのも事実だ。十年以上、人前に出る仕事から離れている。見た目だって滑舌《かつぜつ》だって……。

「少し考えさせてください」

市川はうなずいて、ゆっくり考えればいいと言った。

「まあ、お前なら大丈夫なんじゃないかな」

応接室を出るとき、市川に声をかけられた。菊枝は、失礼しますと言って、しずかにドアを閉めた。

「今日はなにをしたらいいですかね」

席に着くと、見計らったように川瀬一太がやって来た。

「そうね、今日はねえ」

と言ったところで、いつもより言い方がやわらかいことに気付き、軽く舌打ちをする。なんだか強気に出られない自分の心がやましかった。さっきの話と、その話を持ってきてくれた市川のやさしさがやましかった。

川瀬に頼みたい仕事はなにも思いつかなかった。今いちばんやってほしいことと言えば、甥の和哉を追い出すことくらいだったが、それを頼むわけにもいかないだろう。

今朝、和哉は菊枝より先に起き、まめまめしく朝食の支度をしてくれた。

「冷蔵庫に食パンとトマトと卵があったからさ」

テーブルの上には、フレンチトーストとサラダ、スクランブルエッグが用意されていた。

「案外器用なのね」

「居候ですから、このくらいは当然ですよう」

満面の笑みで返ってきた。

いったいいつまでいるつもりだろうか。とりあえず今朝、一万円を和哉に渡した。久々に会った甥におこづかいのつもりだ。思えばお年玉も久しくあげてない。和哉は「ははーっ」と両手を差し出して、うやうやしく一万円札を受け取った。

あのう、と川瀬に声をかけられ、我に返った菊枝は、

「ま、とりあえずそのへんで、なんか適当にやっててよ」

と早口で告げた。川瀬は真面目に、はいとうなずいておとなしく自分の席に戻った。

菊枝は記事のチェックや、取材先へのアポイントなどを取り、はた目にはいつもどおりだったが、内心では気持ちが妙にたかぶっていた。喜びと不安と緊張がごちゃまぜになって、心臓だけがばくばくしていた。気付けばまるでうわの空になっていて、菊枝はそのたびに自分を制した。

「おお、すごいじゃん！　川瀬」

つかの間ぼけっとしていた菊枝は、その声に慌てて顔をあげた。川瀬？　と、つぶやいて辺りを見渡すと、机の向こう側に、チャウチャウ顔があった。

「山田さん。こいつすごいっすよ。作曲ソフト、超詳しい」

向かいの席の同僚が言う。行ってみると、川瀬が作曲ソフトを器用に使いこなし、同僚の仕事を手伝っていた。

「自分、音楽関係ぜんぜん詳しくないから、この仕事けっこう困ってたんすよ」

次号は音楽特集で、地元出身の音楽関係者のインタビュー、コンサート、ライブ情報、音楽ソフトの広告及び簡単な作曲の仕方など、幅広い内容を掲載予定だ。

「いくらやってもうまくいかなくて。山田さん、川瀬を少しの間借りてもいいですか」

同僚が、川瀬の肩をもむようにつかみながら菊枝にたずねる。菊枝はあやぶみながらうなずいた。川瀬を見ると、はじめて見せるような真剣な表情で画面をにらみ、どこかしら嬉々とした様子でパソコンを操作していた。

ただの時刻表鉄だと思っていたけど、人間、特技が一つくらいはあるもんだわ。菊枝は、いい厄介《やっかい》払いができたと仕事の続きにとりかかった。


「なんでよ。そんな甘い考えでどうすんのよ」

昼休み、屋上で一服しながら、菊枝は実家に電話を入れた。出たのは母親、つまり和哉にしてみたらおばあちゃんで、おばあちゃんは「そっちでしばらく面倒みてあげて」と、こともなげに言ったのだった。

「第一、学校はどうなってんのさ」

菊枝がいきおい勇んでたずねると「辞めるらしいよ」と、しょんぼりした声が返ってきた。

「はあ？　兄さんはなんて言ってるのよ」

「もう知らないって。勝手に家を出ろって」

「あの子、うちに居候する気でいるのよ」

「叔母さんなんだからいいじゃないの。けちなこと言わないでしばらく面倒みてあげてちょうだいよ。どうせあんた一人なんだからいいじゃないの」

「はあーっ」

菊枝は大きく長いため息を、受話器に向かって聞こえるように吹きかけた。

「あの子、バンドやりたいんだってさ。まったく困ったもんだわね。でもま、そういうことだから、あとはそっちでよろしくね」

はあーっ、と、二度目の大きな大きなため息をついていた途中で、電話はあっさりと切られた。菊枝は憎々しげに携帯電話をバッグにしまい、新しいたばこに火を点けた。ったく。和哉のやつ、高校を中退するなんてとんでもない。帰ったら説教してやる。そう菊枝は強く思い、それから朝、市川から聞いた、ケーブルテレビの話について思いをめぐらした。

戻りたい。テレビの世界で一からやり直したい。

自分の心に素直に問いかけて、返ってきた答えはそれだった。それと同時に、今にも震え出しそうなほどの恐怖心もあった。

はたして視聴者に受け入れてもらえるだろうか。また同じような失敗をしないだろうか。もしまたあの頃と同じような目に遭うとしたら、今度こそ自分はもう耐えられそうになかった。全員が敵だったのだ。味方は誰ひとりとしていなかった。ぶれないように、のみこまれないように、歯を食いしばって、自分の芯を支えることで精一杯だった。

菊枝はたばこの煙を吐き出すとともに、本日すでに数え切れないほどの大きなため息をつく。四十五歳。人生の半分を過ぎてしまった。社会人になってからの二十年間はそれこそあっという間だった。これからの二十年は、それ以上にあっという間だろう。ここ最近の、月日が流れる早さと言ったら。

菊枝は、ぼんやりと見える遠くの海を眺める。久世にいったいなんと返事をするのか、自分でもまだわからなかった。

世間様はゴールデンウィークに突入した。カレンダー通りとは言わないけれど、菊枝も何日かは休めることになった。明日はいよいよ久世さんと会う日だ。市川も同席するらしい。

菊枝はまだ迷っていた。自信がなかった。けれどやりたい。やってみたい。もう一度テレビの世界に戻ることは菊枝の切望だった。

「ねえ、菊ちゃん」

甥っこの和哉が甘えた声を出す。四月いっぱいで川瀬の世話係が終わってほっとする間もなく、和哉という頭痛の種が残っている。兄も兄嫁も今回のことをたいして気にしていないのが癪に障る。

「ねえ、菊ちゃんってば」

「なによ」

「今日さ、ライブがあるんだけど一緒に行ってくれない?」

「やーよ」

「お願い!　未成年は同伴者がいないと、なかに入れてくれないんだよ。お願いします、この通り!」

ったく、しかたないわね。菊枝はしぶしぶと了承したが、内心ではひさしぶりにそういう場所に行くのもいいかなと考えていた。歳をとってからはライブに行く機会も、誘ってくれる人も激減した。そもそもの情報すら、こちらにまで届かないのだった。

「おれの好きなバンドが出るんだよ」

へえ。たのしそうに話す甥を、菊枝は少しだけまぶしいような思いで眺める。そういえばバンドをやりたいって言ってたっけ。

菊枝は、はじめてそのことについて、和哉に聞いてみた。弾いているところを見たことはないけれど、ギターケースのようなものを大事に持って来ているのは知っていた。面倒なので、これまであえてたずねることはしなかったけれど。

「メジャーデビューするのが夢なんだ」

和哉は押し殺したような声でそう言った。浮《うわ》ついた心を、無理に押し付けるようなしゃべり方だった。

「高校を卒業してからでもいいじゃない」

「そうかもしれないけど、なんかもう、勉強とかしてるのばかばかしくて。それなら働いて金ためて、一日でも早く上京したいとか考えちゃって……」

時間なんていくらでもどうにでもなるのだ。貴重な高校時代は今しかない。いそぐ必要なんてまったくないのだ。菊枝はそう思う。そう言って諭《さと》してやりたいと思う。思うけれど、現役の十七歳になにを言っても仕方ないことも充分承知している。こればっかりは、年数生きなきゃわからないことだ。大人に頭ごなしに言われても反発するだけ。

「あんたがやりたいのはギターなの?」

菊枝が聞くと、和哉は「ベース」と言って、ケースから中身を取り出した。菊枝はまったくの楽器音痴なので、ギターとベースの区別もろくにつかない。

「こないだまでやってたバンドは解散しちゃったんだ。メンバー同士でいざこざがあってさ。今新しいメンバー募集してるけどなかなか集まらないんだ。やっぱ高校とかじゃダメなんだよね。もっと広い視野でメンバー集めたいんだ、おれ」

広い視野ねえ。でもまあ、確かにバンドの話をするときに限っては、少しばかりいきいきしている。菊枝は和哉に、ちょっと弾いてみてよ、とあごをしゃくった。

「おおっ、菊ちゃんにもようやくおれの熱意が伝わりましたかあ」

和哉がふざけ口調で言う。

「でもほら、今、本体しか持ってないのよ。アンプがないとちょっとなあ」

「なにアンプって？　そんなのいらないわよ。みんなギター一本で弾いてるじゃない。アンプなんかでごまかしちゃだめよ」

和哉は笑って、「ちなみにギターじゃなくてベースだけどね」と言い添えてから、弦をブンとはじいた。

ブンブンブンブン　ブンブンブンブンブン　ブンブンブブン……

和哉がたのしそうにベースを弾く。ベースという楽器の音を、こんなに近くで聴いたのははじめてだった。

「はい、終了」

和哉が照れたように言うのでなんだかかわいく思え、菊枝は拍手を送った。

「今のなんの曲かわかった?」

聴いたことがある曲だったけれど、曲名は思い出せなかった。

「ポールだよ。ポール・マッカートニー。ペイパーバック・ライター。ビートルズなら菊ちゃんも知ってるかなと思ってさ」

ああそうだ、懐かしい。高校時代、市川の影響でよく聴いた。市川はビートルズが好きだった。

菊枝はもう一曲ビートルズをリクエストし、和哉は『オール・マイ・ラヴィング』を披露してくれた。アンプがなくてごめん、と和哉は謝っていたけれど、なかなかどうして聴き惚れてしまうのだった。

たまに通る道だけど、地下がライブハウスになっているなんて、まったく知らなかった。地元の記事を書いていたって、知らないことはまだまだある。

「菊ちゃんの彼氏?」

和哉に聞かれて、市川は「大昔の元カレ」と意味不明な返答をし、菊枝は「会社の上司」と即座に訂正した。ビートルズが懐かしくなって、市川を誘ってみたのだった。市川もめずらしがって、ふたつ返事でやってきた。

身分証明書の提示こそなかったけれど、あきらかに未成年とわかる人間は、なかには入れないようだ。飲んでもいいでしょ？　と甘えた声でたずねる和哉に、菊枝は一杯だけよ、とウィンクした。小さなカウンターがあって、チケットにはワンドリンクが付いていた。

ほとんどロックばかりで、しかも菊枝の定義するロックとはかけ離れているものばかりだったけれど、演奏する人たちの情熱やファンの子たちの熱気がダイレクトに伝わってきて、気分は高揚した。

たまにこういうところに来るのもたのしい。若い人たちのパワーをもらえる気がする。

「次に出るのがおれの好きなバンド。超憧れ。伝説のベーシストなんだ」

「伝説って、だってこれから出るんでしょ？　まだ生きてるんでしょ、現役なんでしょ？」

「いいのいいの！　とにかくすっげーんだから！　伝説のベーシストって、キャッチコピーなんだからさ！」

興奮気味に和哉が言う。菊枝と市川は顔を見合わせて思わず微笑んだ。自分たちも過去に、こういう顔をしていたときが確かにあったのだ。未来を怖いと思うことなく、自分の夢だけを追っていたときが。

「熱いねえ」

市川が愉快そうに笑った。

和哉がファンだという「シースパイク」というバンドが出てきた瞬間、会場が沸いた。大勢のファンがついているらしかった。

「あっ！」

と菊枝が声をあげたのは、市川と同時だった。シースパイクのベーシストは、川瀬一太だった。

「びっくりしましたよう」

川瀬はいつものように茫洋《ぼうよう》と言った。和哉に頼まれ、ライブが終わったあと、これから打ち上げに行くという川瀬を呼び止めたのだった。

「おれ、めちゃくちゃファンなんです！　憧れです！　川瀬さんの音、最高です！　川瀬さんみたいになりたくて、おれ……」

菊枝は狐につままれたような心持ちで、感極まって今にも泣き出しそうな甥と、うだつのあがらない新入社員の川瀬一太を交互に眺めた。こんなことが世の中には本当にあるんだという、新鮮な驚きだった。

「バンドやってたんだな」

市川が声をかけると、川瀬は頭をかいた。

「すっげーいい曲作るんす！　川瀬さん、天才なんですよ！」

和哉が夢中になって言う。へえ、作曲もするんだ。菊枝はますます信じられないような気持ちになる。

そういえばこないだ、同僚の音楽ソフトを慣れた手つきで操っていたっけ。ふうん、このチャウチャウ犬がベースをねえ、時刻表で魂の洗濯をする、あんみつパフェ好きの新入社員が、和哉の憧れの人ねえ。

和哉はせきを切ったように、川瀬に向かってしゃべり出した。バンドを再開したいこと。将来は音楽の仕事につきたいこと。家出をしてきたこと。高校を中退するつもりだということ。川瀬は無言でひと通り聞いていた。それから菊枝の顔を見て、

「自分が意見していいんですか」

とたずねた。菊枝は「お願いします」と、川瀬に向かってはじめて敬語で答えた。

「えっと、バンドをやるのはいいことだと思うよ。でも、メンバーはあせってさがさないほうがいいかな。時期がくれば自然と集まるものだから。そういう縁になってるもんだから。

それと、将来の仕事のことは、まだ決める必要はないと思う。決めなくたって、自分がそうなりたいって強く思うことが大事だから。あと、高校は絶対卒業したほうがいい。家出もかなりはずかしい」

川瀬は、和哉の目を見てたんたんと言った。和哉は少し考えるような顔をしたあとで、

「わかりました。そうですね、川瀬さんのおっしゃるとおりです」

と答えた。

「高校は卒業します。家にも帰ります。それで、おれは夢を絶対にあきらめません」

高らかにそう宣言した。川瀬はくしゃっと笑って（それはまるで本物のチャウチャウ犬が笑ったようで意外とかわいかった）、和哉の肩をぽんと叩き、「がんばって」と声をかけてから、市川と菊枝に挨拶し店を出て行った。

翌朝、和哉はあっけなく家出を解消し、菊枝の家をあとにした。晴れやかな顔つきだった。和哉を見送ったあと、菊枝は市川と落ち合った。久世との話し合いだった。

「昨日のライブよかったな」

市川が目を細めて言う。地下のライブハウスで若者たちの音楽を聴いて、伝説のベーシスト川瀬一太に会って、互いに思うところがたくさんあった。

可能性というのは、何歳になったって確実に存在する。日常の慌しさに忙殺され、そんな肝心なことを、二人ともすっかりと忘れていたのだった。

「おれも心機一転するかな」

菊枝はすかさず、

「サイトウ精肉店さんの件、追ってもいいんですか」

とたずねた。市川は少しだけ考えて、「やっぱ、それはダメだ」と笑った。菊枝もなんだか笑ってしまった。

もちろん正義は貫きたい。そのためにマスコミを志望したのだ。あの頃、自分は、昨日の和哉のように目がキラキラと輝いていた。でも、正義だけが正しいことではないということをいつしか知ってしまった。正義によって、傷つく人も大勢いるのだ。

「ほら、これ」

久世との待ち合わせ場所の喫茶店の前で、市川が大きな紙袋から、ばさっとなにかを取り出した。

「え、なによ、これ?」

バラの花束だった。真っ赤なバラの花束。

「四十五本あるんだ。先に『おめでとう』って言っておこうと思ってさ」

「やだなに?　わたし今日、誕生日じゃないよ」

菊枝が言うと、市川は、そうじゃない、と首を振った。

「今日の話、受けるんだろ。そのお祝いだよ。テレビ復活おめでとうってことでさ」

道行く人が、菊枝が持っている大きな花束に目を寄せてゆく。

「やだ、これ持って久世さんに会えって言うの?」

菊枝が言うと、市川が、そうさ、と胸をはった。

「実は久世さんも、四十五本のバラの花束持って店のなかで待機中。驚かせちゃうだろうから、先に言っておいてくれって頼まれたんだ。なあ菊枝、人生九十年だよ。まだあと半分もある。正義を貫きたいんだろ。お前の人生、これからが勝負だ」

そう言う市川の顔には、確かに昔の面影があった。

「さあ、行こう」

市川が菊枝の背中を押す。

「やだ、なんなのよ、二人とも。ちゃんちゃらおかしいわ。笑っちゃうじゃない」

菊枝は声をあげてめいっぱい笑った。笑いすぎて涙が出てきた。目尻にたまった涙を指先でぬぐっていたら、今度はちがう種類の涙が出てきたみたいだった。

解説　はかない恋の原石

エッセイスト　北大路公子《きたおおじきみこ》

恋の物語である。『純愛モラトリアム』というタイトルのとおり、どこか青臭くてたどたどしくて、そのくせ妙に甘やかな八つの恋の物語。

ページをめくって、まず立ちのぼってくるのは、圧倒的な優しさだ。立場や年齢や性別は違えど、この本に登場する人々は皆、おしなべて優しい。

喧嘩《けんか》の腹いせに恋人の娘を車に押し込んで誘拐した男は、半分演技の入った女子中学生の車酔いにうろたえ、すぐさま「誘拐犯」の仮面を脱いで献身的に世話を始めるし（「西《に》小原《こばら》さんの誘拐計画」）、モテない中学教師は、憧れの教え子が学校一のイケメンとつきあいはじめても、一切クサることなく得意の妄想で前向きに日々を送るし（「妄想ソラニン」）、浮気者の同棲相手に三行半《みくだりはん》を突きつけた女性は、最後の夜に彼の好物の激甘カレーでカレーハンバーグを作ってあげる（「やさしい太陽《たいよう》」）。

私はもうすっかり心の汚れてしまったおばちゃんなので、はじめはこの優しさあふれる世界をなかなか信じることができなかった。正直、恐ろしかったのである。「テレビや映画での殺人シーンに耐性がなくなってきたら老化のはじまり」という説を少し前から唱《とな》えている私だが、そして自分は今や殺人どころか暴力シーンや喧嘩シーンにも耐えられなくなってきていて、そらあんた橋田壽賀子《はしだすがこ》ドラマが高齢者に人気のはずだわずっと喋《しゃべ》ってるだけだしと思わぬところで膝《ひざ》を打ったわけだが、それと同じように本書のページを繰りながら、いつかこの優しい人たちを手ひどく傷つける存在が現れるのではないか、そうでなければ、いつかこの優しい人たちが自身の手で誰かをとことん裏切るのではないか、いや、そこまでいかずとも、いつか恋愛でつまずいた彼らが心を暗く悲しくひねくれさせてしまうのではないか、そうビクビクしていたのである。

もちろん心配は杞憂《きゆう》に終わった。椰月さんの描く「純愛」は、なんというか眩《まぶ》しいくらいにちゃんとした純愛で、決して傷つけられたり損《そこ》なわれたりすることのない場所にあった。なるほど、恋というのは本当は完全体なのかもしれないと、読みながら私は思ったものである。

完全でなおかつ特殊。誰かを好きになった瞬間に芽生《めば》える、ほかのどれとも違うその感情を、椰月さんは掬《すく》ってくれる。それは、とても小さくて、ちょっと目を離したすきに日々の楽しさやいざこざに紛《まぎ》れてしまいがちなものだ。あるいは、欲と嫉妬《しっと》にまみれ、相手を陥《おとしい》れたり相手に陥れられたりしたあげく、死ぬの殺すの俺と結婚してほしけりゃ二百万円渡せバッカじゃねーのあんたこそ金返してよ、と罵《のの》し》り合うようなドロドロに変質することも、まあないとはいえない。

けれども椰月さんの目は、そのはかない恋の原石を見失ったりはしない。なぜならそれは何かに紛れたり変質したりするものではなく、どんな時も変わらぬ姿のまま心の奥深くで眠っているものだからだ。

そう考えつつ物語を読み進めると、実は優しい人たちが優しいだけの存在ではないことに気づく。彼らは皆、冷静だ。思いどおりにならない現実に翻弄《ほんろう》されながらも、時に涙ながらに、時に冗談まじりに、しかし結局は極めて冷めた目で自分と世界とを見ている。

たとえばオケタニくん（「オケタニくんの不覚」）は、アルバイト生活を送る二十三歳。客の一人である年上の女性が初恋の相手で、その初恋は「現在まで維持継続」中という、まこと「純愛」を語るにふさわしい若者である。

「おれのことはどう思っているんだろう、ただの元ビデオ店の店員？　近所のコンビニの店員？　友達？　年下のボーイフレンド？　そう考えて、ボーイフレンドという言葉に自分で照れる。そんなわけない。」

乙女か！　と思わずツッコみたくなる彼の恋心は、おばちゃん電柱の陰からそっと見守りたくなったのだが、もちろん見守っている場合ではない。事態はやがて思わぬ展開を見せる。ある衝撃的な事実が明らかになり、オケタニくんは憧れの彼女からの撤退を迫《せま》られるのだ。正直、電柱の陰から飛び出して、肩の一つも叩《たた》いて励《はげ》ましたくなるような種類の出来事である。自棄《やけ》になったり、絶望したり、あるいは誰かを責めたり恨んだりしても無理はないと思う。だが、ここでオケタニくんはきっぱりと言う。

「失恋だ、と決着をつけた。往生際悪く、未練たらたらで。」

かっこいい。んだかどうだかわからない。きっぱり言ったわりには未練たらたらで、そこがまた乙女なのだが、でも相手が自分に興味を持っていないという現実を逃げずに受け止める冷静さと賢明さは、やはりたいしたものである。そしてそのことでオケタニくんの純愛は無傷のまま守られる。初恋が初恋のまま終わったから、ではない。彼女のことを好きだと思う自分の気持ちを、一度だってごまかしたり哀《あわ》れんだりしなかったからだ。

貫太《かんた》（「妄想ソラニン」）もまた同じである。自分のモテなさと容姿のイケてなさを十分に自覚しつつも、性格には自信を持っている貫太。男は中身だといくつもの恋に挑んでは、なぜか相手に「ジェット機並みのスピードで」逃げられることを繰り返していたが、大学生の時、そんな自分が置かれている立ち位置を初めて知ることとなる。いわく「かわいそうな人」。

「その事実に気づいたとき、自分の認識とあまりにもかけ離れていたため、なかなか納得はできなかったけれど、少し大人になった今では案外すんなり受け入れられる。言いかえれば『イタイ人』となる。」

すんなり受け入れたうえにわざわざ言いかえるのかよ、とつい笑ってしまうシーンであり、同時に貫太の強靭《きょうじん》な冷静さに感心してしまうシーンでもある。貫太はおめでたい男ではあるが、決して鈍感ではないのだなと思う。自分のことも周囲のこともきちんと理解している。妄想癖のある彼が日々繰り広げる、考えようによってはアブない妄想が一線を越えないのは、おそらくその冷静さの賜《たまもの》だろう。だからこそ我々読者は、あやしげな妄想の奥に眠っている、彼の純真さ、「恋の原石」を見失わずにすむのだ。

それにしても強い人たちである。恋愛に関してはまだまだ未熟で（なにしろモラトリアムだ）危なっかしい彼らの、人間としての強さにしばしば目を奪われる。彼らは、へこたれないし、僻《ひが》まないし、恨まないし、投げ出さない。他人を大切にし、それと同じだけ自分のことも大切に思う。その強さは一体どこから来るのだろう。

思えば「1Fヒナドル」では高校生の日菜《ひな》が、新しい恋の予感を前に「もうすぐやってくる夏休みは、文句なしの楽しさと陽気さと恋心に満ちあふれ、最高の日々になることは、もはやまちがいなかった」と高らかに宣言する。「西小原さんの誘拐計画」では、中学生の美希《みき》が、「あたしは今がけっこうたのしいし、産んでくれてありがとうってマジで思ってる」「生まれてきてよかったたって素直に思った。今までの十四年の人生がまったくなかったらと考えたらぞっとした」と自らの人生を寿《ことほ》ぐ。

誰もが認める美少女でありながら「美人は三日で飽きる」というふざけた理由で彼氏にふられた日菜と、十代だった母親から生まれたことで様々な思いを抱える美希。それでも明るく生きる二人の言葉に共通するのは、人生を肯定する力だ。いや、彼女たちだけではない。椰月さんの小説に登場する人々は、誰もが人生に肯定的。苦しくても悲しくても、たとえ泣きながらでも「ここはあるべき場所で、自分はいるべき人間だ」と信じているように見える。椰月ワールドの根底に流れる生きることへの信頼感。それが登場人物たちの強さに繋《つな》がっているように、私には感じられてならない。

ふだん私は「自分を愛せない人間は他人も愛せない」とか「真の優しさは強さから生まれる」などという利いた風な物言いには見向きもしない質《たち》である。据《す》わりがよすぎて気持ち悪いのだ。が、本書を読んでいる間は、恐ろしいことに自分自身、思わず何度かそう口走りそうになった。登場する優しい人たちが優しくあるための、冷静さや強さや明るさや、なにより健全さが心に染《し》みたのだ。そして真っ当であることの美しさをしみじみ感じた。自己啓発本かと思った。

と書くと、まるで善人の国の善人による物語のようだが、もちろん本書はそれだけではない。八つの物語の四番目「スーパーマリオ」には、世界中の優しさを集めたような非の打ちどころのない優しさと、それが纏《まと》う不穏な空気が描かれているし、最後の物語「菊《きく》ちゃんの涙」は、この本で唯一の意地悪キャラが主人公だ。

登場人物中、最年長でもある菊ちゃん。彼女の「純愛」が、またいい。単なる色恋ではない。過去の失敗や仕事への不満や後悔や昔の夢や、そんな諸々の中で見失ってしまったかつての自分自身を恋《こ》う女の話だ。

人生に迷い続ける彼女にも、椰月さんは優しい結末を用意する。人の心の奥底に傷つけられたり損なわれたりすることなく眠っている原石、それはなにも「恋」に限ったものではないと、最後の最後、私たちに見せてくれるかのように。

本書は二〇一一年三月、小社より四六版で刊行されたものです。

注　130ページ7行目から9行目および13行目から15行目は『新　中学校　歴史　日本の歴史と世界』（清水書院）からの引用です。

一〇〇字書評

切り取り線

購買動機（新聞、雑誌名を記入するか、あるいは○をつけてください）	
□（　　　　　　　　　　　　）	の広告を見て
□（　　　　　　　　　　　　）	の書評を見て
□ 知人のすすめで	□ タイトルに惹かれて
□ カバーが良かったから	□ 内容が面白そうだから
□ 好きな作家だから	□ 好きな分野の本だから

・最近、最も感銘を受けた作品名をお書き下さい

・あなたのお好きな作家名をお書き下さい

・その他、ご要望がありましたらお書き下さい

住所	〒				
氏名		職業		年齢	
Eメール	※携帯には配信できません	新刊情報等のメール配信を 希望する・しない			

この本の感想を、編集部までお寄せいただけたらありがたく存じます。今後の企画の参考にさせていただきます。Eメールでも結構です。

いただいた「一〇〇字書評」は、新聞・雑誌等に紹介させていただくことがあります。その場合はお礼として特製図書カードを差し上げます。

前ページの原稿用紙に書評をお書きの上、切り取り、左記までお送り下さい。宛先の住所は不要です。

なお、ご記入いただいたお名前、ご住所等は、書評紹介の事前了解、謝礼のお届けのためだけに利用し、そのほかの目的のために利用することはありません。

〒一〇一‐八七〇一
祥伝社文庫編集長　坂口芳和
電話　〇三（三二六五）二〇八〇

祥伝社ホームページの「ブックレビュー」からも、書き込めます。
http://www.shodensha.co.jp/bookreview/

祥伝社文庫

純愛《じゅんあい》モラトリアム

平成26年 9 月10日　初版第1刷発行

著　者　椰月美智子《やづきみちこ》

発行者　竹内和芳

発行所　祥伝社《しょうでんしゃ》

東京都千代田区神田神保町 3-3

〒101-8701

電話　03（3265）2081（販売部）

電話　03（3265）2080（編集部）

電話　03（3265）3622（業務部）

http://www.shodensha.co.jp/

印刷所　萩原印刷

製本所　ナショナル製本

カバーフォーマットデザイン　芥 陽子

 ISBN978-4-396-34060-5 C0193

祥伝社文庫の好評既刊

朝倉かすみ
玩具《おもちゃ》の言い分
こんな女になるはずじゃなかった!?ややこしくて臆病なアラフォーたちを赤裸々に描いた傑作短編集。

飛鳥井千砂
君は素知らぬ顔で
気分屋の彼に言い返せない由紀江《ゆきえ》。徐々に彼の態度はエスカレートし……。心のささくれを描く傑作六編。

井上荒野
もう二度と食べたくないあまいもの
男女の間にふと訪れる、さまざまな「終わり」――人を愛することの切なさとその愛情の儚《はかな》さを描く傑作十編。

白石一文
ほかならぬ人へ
愛するべき真の相手は、どこにいるのだろう? 愛のかたちとその本質を描く第一四二回直木賞受賞作。

安達千夏
モルヒネ
在宅医療医師・真紀《まき》の前に七年ぶりに現れた元恋人のピアニスト・克秀《かつひで》は余命三ヵ月だった。感動の恋愛長編。

本多孝好
FINE DAYS
死の床にある父から、三十五年前に別れた元恋人を捜すよう頼まれた僕は……。著者初の恋愛小説。

祥伝社文庫の好評既刊

近藤史恵　カナリヤは眠れない

整体師が感じた新妻の底知れぬ暗い影の正体とは？　蔓延する現代病理をミステリアスに描く傑作、誕生！

近藤史恵　茨姫《いばらひめ》はたたかう

ストーカーの影に怯《おび》える梨花子《りかこ》。対人関係に臆病な彼女の心を癒《いや》す、繊細で限りなく優しいミステリー。

近藤史恵　Shelter

心のシェルターを求めて出逢った恵といずみ。愛し合い傷つけ合う若者の心に染みいる異色のミステリー。

小手鞠るい　ロング・ウェイ

人生は涙と笑い、光と陰に彩られた長い道のり。時と共に移ろいゆく愛の形を描いた切ない恋愛小説。

小路幸也　さくらの丘で

今年もあの桜は、美しく咲いていますか——遺言によって孫娘に引き継がれた西洋館。亡き祖母が託した思いとは？

三羽省吾　公園で逢いましょう。

年齢も性格も全く違う五人のママ。公園に集まる彼女らの秘めた過去が、日常の中でふと蘇る——。感動の連作小説。

祥伝社文庫の好評既刊

五十嵐貴久　**For You**

叔母が遺した日記帳から浮かび上がる三〇年前の真実――叔母が生涯を懸《か》けた恋とは？

柴田よしき　**ふたたびの虹**

小料理屋「ばんざい屋」の女将の作る懐かしい味に誘われて、今日も集まる客たち……恋と癒しのミステリー。

柴田よしき　**観覧車**

行方不明になった男の捜索依頼。手掛かりは愛人の白石《しらいし》和美。和美は日がな観覧車に乗って時を過ごすだけ……。

柴田よしき　**回転木馬**

失踪した夫を探し求める女探偵・下澤唯。そこで出会う人々が、彼女の人生を変えていく。心震わすミステリー。

柴田よしき　**竜の涙**　ばんざい屋の夜

恋や仕事で傷ついたり、独りぼっちになったり。そんな女性たちの心にそっと染みる「ばんざい屋」の料理帖。

平　安寿子　**こっちへお入り**

三十三歳、ちょっと荒んだ独身OLの江利《えり》は素人落語にハマってしまった。遅れてやってきた青春の落語成長物語。

祥伝社文庫の好評既刊

小池真理子　会いたかった人

中学時代の無二の親友と二十五年ぶりに再会……。喜びも束《つか》の間《ま》、その直後からなんとも言えない不安と恐怖が。

小池真理子　追いつめられて

優美には「万引」という他人には言えない愉しみがあった。ある日、いつにない極度の緊張と恐怖を感じ……。

小池真理子　蔵の中

秘めた恋の果てに罪を犯した女の、狂おしい心情！　半身不随の夫の世話の傍らで心を支えてくれた男の存在。

小池真理子　午後のロマネスク

懐かしさ、切なさ、失われたものへの哀しみ……幻想とファンタジーに満ちた十七編の掌編小説集。

小池真理子　新装版　間違われた女

一通の手紙が、新生活に心躍らせる女を恐怖の底に落とした。些細《ささい》な過ちが招いた悲劇とは――。

三崎亜記　刻まれない明日

十年前、理由もなく、たくさんの人々が消え去った街。残された人々の悲しみと新たな希望を描く感動長編。

祥伝社文庫の好評既刊

林真理子
男と女のキビ団子《だんご》
中年男との不倫の日々。秘密の時間を過ごしたホテルのフロントマンに、披露宴の打合せの時に出会って……。

江國香織ほか
LOVERS
江國香織・川上弘美・谷村志穂・安達千夏・島村洋子・下川香苗・倉本由布・横森理香・唯川恵

江國香織ほか
Friends
江國香織・谷村志穂・島村洋子・下川香苗・前川麻子・安達千夏・倉本由布・横森理香・唯川恵

本多孝好ほか
I LOVE YOU
総合エンタメアプリ「UULA」で映像化！ 伊坂幸太郎・石田衣良・市川拓司・中田永一・中村航・本多孝好

石田衣良、本多孝好ほか
LOVE or LIKE
この「好き」はどっち？ 石田衣良・中田永一・中村航・本多孝好・真伏修三・山本幸久

西 加奈子ほか
運命の人はどこですか？
この人が私の王子様？ 飛鳥井千砂・彩瀬まる・瀬尾まいこ・西加奈子・南綾子・柚木麻子